文春文庫

送り火

高橋弘希

文藝春秋

目次

送り火

送り火

　欄干《らんかん》の向こうに、川沿いの電柱から電柱へと吊《つる》された提灯《ちょうちん》が見え、晃《あきら》が語っていた習わしを思い出し、足を止めた。河へ火を流すというのは、例えば灯籠《とうろう》流しのようなものだろうか――、過去に別の土地で、それを見たことがある。六角柱の灯籠の乗る小舟が、漂うように河を流れた。灯籠は百前後だったが、灯火は水面にも映るので、夜闇には実数以上の光があった。水面の灯籠のほうが、現実の灯火より鮮やかに見えることさえあった。この欄干の向こうの河を、日没後に沢山の灯籠が流れていく――、やがては灯籠が明け方の海へと辿《たど》り着く、その光景を思い描き、じりじりと頭を灼《や》く陽光が和《やわ》らぐ気がした。

「おら、島流し、なにぼうっとしてら。」

　作業着の男に急かされ、歩《あゆむ》は橋架を渡った。作業着の男を先頭に、三人の学友が続き、歩は最後尾を歩いた。左手には山裾の森が続き、右手には乾いた畑が広がる。

畑の畝《うね》には、掘り上げた馬鈴薯《ばれいしょ》が一列に並んで野晒《のざら》しになっていた。その馬鈴薯の表面の土も、もう白く乾いて砂になっている。瞼《まぶた》へ落ちかかる汗を手の甲で拭うが、次の汗が目に入り滲《し》みる。瞼を擦《こす》りどうにか目を開けると、路傍の祠《ほこら》の銅板葺きの屋根が太陽を弾《はじ》いて瞳を射た。

その簡素な祠には、赤い前掛けをした地蔵菩薩が祀《まつ》られていた。夏蜜柑《みかん》が二つ供えてある。五穀豊穣を願ったものだろうか——、しかしその辺りは集落を区切る四つ辻にも位置していたので、道祖神かもしれない。男はその辻を折れ、山裾の黒い森へと進んだ。その頃にはもう、背後に聞こえていたせせらぎも途絶えていた。

1

歩がこの土地を訪れたのは、未だ早朝には霜が降りる春先のことだった。商社勤めの父は転勤が多く、一家は列島を北上するように引越しを繰り返していた。そして東京での生活が一年半ほど続いたところで、再び転勤の内示が出た。今度は遥か北地の平川に勤めるという。歩はその地名を聞いて首を傾《かし》げた。地理は得意だが、聞いたことがない。津軽地方の幾つかの町や村が合併して、新しくできたばかりの市なのだという。父の役職から考えると、次期は東京本社で管理職として勤める可能性が高い。管理職への昇進前に、僻地《へきち》へ飛ばされるのは社の慣例だという。単身赴任をする案もあったが、結局一家はこの土地へと越してきた。父の親戚が、平川からそう遠くない土地に空き家を所有していたのだ。父母は一軒家に憧れがあった。歩は二階の自分の部屋と、芝生の庭に憧れがあった。その親戚は、電話口で父に言ったという。

——人が住まない家はすぐ駄目になる、ぜひ使って欲しい、死んだ親父とお袋も喜ぶだろう。

平川より更に北、山間《やまあい》に広がる集落の、東の高台に家はあった。玄関の磨硝子《すりガラス》の引戸を開けると、冷ややかな木材の匂いがした。六畳の居室が三つ並び、その三つ目の部屋の隣に仏間がある。そこが仏間と分かるのは、角の一枚の畳が、ちょうど仏壇の形に褪《あ》せていたからだ。二階にもほぼ同じだけの広さがある。家族三人で住むには、些《いささ》か広すぎる家だった。二階の東側の六畳間が、歩の自室になった。日当たりが良くて過ごしやすいでしょうと、母が決めた。越してきた翌日、その部屋に、学習デスク、スライド式の本棚、ライトブラウンのロフトベッドなどが、業者によって運び込まれた。他人の部屋に、自分の慣れ親しんだ家具が並べられていく。数週が過ぎれば、家具は部屋に馴染み、そしてここは自分の部屋になるだろうと思った。

父は一足先に、この土地へ越してきていた。歩の転入学は学年変わりの時期がいいだろうと、一ヶ月ほど単身赴任の形を取っていたのだ。その父に連れられて、坂を下った先の川沿いにあるという公衆銭湯を訪れた。歩いて五分の距離で、入浴料も安い。銭湯に番台の姿はなく、入口に〝入浴料百円〟と記された木箱が置いてあった。父がその木箱に百円玉を二枚入れると、箱の中で小銭の音が響いた。タオルを片手に磨硝子の戸を開けると、湯煙の漂う浴槽には、二人の先客の姿があった。歩と同じ年頃の少年が一人、五歳ほどの男児の姿が一人。歩と父が浴槽へ浸《つ》かると、少年は気を使ったのか風呂から上がった。少し遅れて、男児も少年を追うように、風呂場から出た。

銭湯からの帰りがけ、歩は珈琲《コーヒー》牛乳を飲みながら、火照《ほて》った顔で河を眺めた。父は隣で、やはり火照った顔で、フルーツ牛乳など飲んでいた。河辺は鉄柵で区切られており、柵の向こうは五メートル程の護岸壁になっている。河はその護岸の底を流れる。対岸は急峻な山の斜面と繋《つな》がっており、谷底を流れる河にも見える。山の落葉樹は、裸の梢に萌黄《もえぎ》色の葉を僅かにつけたばかりで、未だ隙間が目立った。夏になれば、この山は緑の堆積を増すだろう。

河面の所々では、巨大な岩石が顔を出していた。岩石の周囲で、水は流れたり滞ったりしている。せせらぎはそこから響いてくる。歩はふと、さきほど湯船に見た少年を思い出した。彼が中学三年生ならば、数日後には学校の教室で顔を合わせることになる。

「お父さんはもう、職場に新しい友達はできた？」

歩が訊くと、父はなぜかくすくすと笑い、

「大人になるとね、友達になるとか、ならないとか、そういう関係じゃなくなってくるんだよ。」

「それって寂しい?」

するとと今度は困ったような微笑みを浮かべた後に、首を傾げて見せた。ときに母が見せる仕草に似ていた。父はフルーツ牛乳を一息に飲み干した後に、

「歩も新しい学校に、早く馴染めるといいな。」

歩にとっては、三度目の新しい中学校だった。

始業式の朝、歩は時計が鳴る一時間も前に目を覚ました。もう一度、頭を枕へのせてみるが、意識が醒めている。仕方なく外套を羽織《はお》り、庭先を散歩した。憧れだった二階の自室は持つことができた。しかし家に芝生の庭はなかった。代わりに西側の丸太階段を登った先には、畑の跡地が広がっていた。もう何年も耕されていないのか、畝《うね》も畑道もない。平原には斑《まだら》に緑色の野草が生え、斑に褐色の崩れた落葉が残り、そのどちらにも均等に霜が降りていた。白い息を吐きながら、その絨毯模様の平原を歩いた。途中、菜の花に似た黄色い花群を見つける。しかし近づいてみると、菜の花とは葉の形が明らかに違う。掌ほどの大きな葉が放射状に垂れ、茎の

根元では白い球体が土壌から顔を出している。どうやら蕪《かぶ》の花らしい。畑の主の死後も、そこで自生しているのだ。

蕪の花の向こうに、集落一帯を一望にできた。前方に標高五百ほどの黒い山が聳《そび》え、その山裾を南西に向かって河が流れる。銭湯からの帰路に、父と眺めた河だ。その河辺に、五十世帯余りが点在している。山間に溜まる朝霧の中に、瓦屋根の民家、三角屋根の銭湯、トタン屋根の燃料店、半壊した納屋、ブルーシートを被せた小屋、骨組みだけのビニルハウス、用途不明の煙突、杉にボルトを打った電信柱、廃校になった学校の校舎などが、朧気《おぼろげ》に浮かぶ。霧の中から鶏鳴《けいめい》が響く。東の稜線から黄金色の朝日が射し、集落一帯をあまねく照らし始める。すると霧が引いていく。薄闇が剝《は》がされ、日光による確かな影が、煙突や電柱から伸びていく。

陽光のせいか、歩き回ったせいか、身体が熱くなり、歩は外套のボタンを外した。深呼吸をすると、透《す》き通る冷ややかな大気が、鼻腔を抜ける。この大気の下では、稲も、野菜も、果物も、動物も、鳥も、昆虫も、健康に育つかもしれない。歩は朝日に眩《まばゆ》い銀色の霜を踏み砕きながら、畑の跡地から引き返した。と、台所の磨硝子の向こうに、明かりが灯っていることに気づく。換気扇のシャッターが開いている。母が朝食の支度を始めたらしい。

始業式後の学級会で、歩は皆の前に立った。担任の室谷《むろや》という男性教師が、黒板に歩の氏名を記し、通り一遍の紹介をする。この地域では珍しい転校生に、皆は好奇の瞳で歩を見た。教室には十二人の男女が座っており、それはこの中学に在籍する三学年の全生徒だった。学級会後の休み時間、歩は一人の少年に話しかけられた。あの公衆銭湯の湯船に見た顔だった。切れ長の一重瞼の目、形の良い鼻梁、薄い唇――、制服を着て、頭髪を整えた姿だと、随分と大人びて見えた。なんでも彼は彼で、噂に聞いていた転校生だと気づいていたという。

そこへ出席簿を小脇に抱えた教師がやってきて、お、もう友達ができたのか、にこやかに言う。少年が経緯を説明する。そういえば晃と歩は、同じ地域に住んでいるんだったな、じゃあ、晃が学校内を案内してやれよ、そう言い残して教師は教室を出て行った。二人は顔を見合わせた。せば、案内してやっか、そう言って、晃は歩を教室から連れ出した。晃は殆ど初対面の歩に対して、戯《おど》けて見せることも、愛想笑いをすることもない。しかし無愛想でもなく、ただはっきりとものを言う。晃は学級の中心的人物だと直感した。転校を繰り返したせいか、歩は学級の力関係を把握することに長《た》けていた。

市立第三中学校には木造二階建て校舎が二棟あり、校庭の側を新校舎、裏庭の側を旧校舎と呼んでいた。新校舎一階には、南側から順番に、印刷室、事務室、集会室、職員室と続く。職員室前の壁には、過去の卒業生の集合写真が掲げられている。昭和五十四年卒業生一同と記されたその白黒写真には、五十人あまりの学生服姿の生徒が写っていた。男子は皆が丸刈りだった。晃はその中の、黒縁眼鏡を掛けて険しい顔をしている少年を指差して、これは俺の親父だね、よく俺に似てら、などと笑い、鼻下を擦った。

職員室前の廊下を折れると、渡り廊下で旧校舎へと繋がっている。新校舎はリノリウムの床だったが、旧校舎は板張りだった。足を進める度に、床板は低く軋む。どの教室も机は端に片付けてある。全くのがらんどうの教室もある。床には薄く埃《ほこり》が積もり、窓からの陽光に白っぽい。廊下の壁掛け掲示板に掲示物はなく、画鋲《がびょう》の穴痕だけが無数に残っていた。水飲場も使用されておらず、錆びた蛇口に石鹸網だけが吊されている。第三中学は来春に廃校になり、市街地の学校と統合されることが決まっていた。つまり二人はこの中学の、最後の卒業生になる。廊下の中途で晃は振り返って、

「東京って、どった街なんず？」

「どんな街って？」

「俺は生まれてからずっとここで育ってるはんで、東京さ憧れがあんだね。」

歩は東京で過ごした一年半を思い返してみる。一家の住む家は、中央線沿線に建ち並ぶ、総戸数百を超えるタワーマンションの一室だった。歩の通う区立中学校は、そのマンションから徒歩十分の距離にあった。校舎は鉄筋五階建てで、金網で区切られた人工芝の校庭があった。マンションも、学校もそうだが、あらゆる物が、狭い空間に濃密に密集していた。東京での生活に、最初は戸惑いもあったが、住んでみると数週で慣れた。店が沢山あり、物が豊富で、交通の便も良く、公園等の遊び場も整備されている。

歩は二学期の途中に転校してきたので、学級にはすでに幾つかの小さな集団ができていた。しかし歩は集団に溶け込むことが上手かった。学級内の中位のグループの一人と親しくなり、その彼を起点に他の生徒とも打ち解け、気づけば集団に属していた。そうして歩は、東京にも学級にも溶け込んでいった。再び父の転勤の内示があり、遠方への転居の話が出たとき、特に反対はしなかった。でも学校の友達とお別れするのは寂しいでしょう？　歩を気遣ってそう尋ねる母に対し、歩もまた母を気遣うように答えた。寂しくないよ、新しい学校でも、友達は作れるから。

「別にここと変わらないよ。」

「変わらねってことはねぇだろう。テレビさ映る東京は、夢のような街だぜ。」

「夢のようなって、どんな街を想像しているの？」

「高層ビル建ち並ぶ煌《きら》びやかなネオンの街を、若ぇ男女が手ば繋いで、マフラー靡《なび》かせて、微笑み浮かべて歩いてら。」

晃の想像する東京が、再放送で観る九〇年代のテレビドラマのようで、歩は苦笑した。すると晃は少し照れたように笑い、

「なんだよ、田舎者ば馬鹿にしてら？」

「そうじゃないけど――。」

その頃に、休み時間の終了を告げるチャイムが、旧校舎に鳴り響いた。歩と晃は、慌てて教室へと駈けた。渡り廊下を通るとき、簀《す》の子《こ》が、日向の中に乾いた音を響かせた。二人分の足音だった。歩はその軽やかな音の重なりを聴きながら、この中学校での新しい生活に、ようやく期待を持つことができた。

晃の過去の暴行事件を知ったのは翌日のことだった。

放課後、帰宅準備をしていると、話したこともない女子グループが歩のもとへやってきて、晃君の例のことは知ってらの、と訊いてきた。歩は首を傾げた。すると

彼女達は、なぜか瞳を輝かせて話し始めた。中学二年の七月、晃は技術家庭の授業で扱った、十センチ四方の鉄鋼で、級友の頭部を殴打した。殴られた側はすぐさま救急搬送され、命に別状はなかったが、七針縫う怪我を負った。教師と晃と晃の母親が、被害者の家へ謝罪に行き、どうにか大事にならずに済んだ。学校側も廃校前に面倒は起こしたくない。市教委にも警察にも報告はされなかった。彼女達は口々にそんな話をした。

「晃君は、なぜ暴行を?」

「あいつ、中二になってから急に素行悪くなってや、しょっちゅう稔《みのる》に暴力ふるってたんだね。むろやんにもよく注意されてたけど。そんで夏休みの少し前に、ガツン。」

翌日、歩はそれとなく稔という少年を観察してしまった。やや小太りの、五分刈りの少年で、八の字の眉毛が、気弱そうな印象を与えている。そして彼の額には、縫い痕と思われる白い傷が、生え際に向かって斜めに伸びていた。

転入して一週間が過ぎる頃だった。放課後、校舎裏の駐輪場から自転車を押して国道へと向かう途中、旧校舎前で輪になっている生徒の姿を見つけた。輪の中の一人が顔を上げてこちらを見た。晃だった。晃が手招きするので、歩は自転車を転回させて、学校の敷地へと戻った。

そこは背後を旧校舎、前方を給食準備室、右手を渡り廊下、左手を金網と四方を区切られた、教室一つ分ほどのスペースだった。地面はアスファルトやコンクリートで舗装されている。渡り廊下の側に、用具入れと水飲場があるくらいで、他は何もない。放課後には殆ど人がやってこないので、生徒の溜まり場になっているらしい。晃達に近づいてみると、輪の中央には、和柄のカードが並んでいた。輪には学友の藤間と近野と内田の姿があり、そして驚いたことに、稔の姿もあった。

「賭けばしていてな、歩も見学してけ、観客いたほうが盛り上がるはんでな。」

黒札を捲《めく》ると、松に鶴、梅に鶯《うぐいす》といった絵柄が現れる。それは花札に違いないが、しかし全く見たことがない〝蓮華《れんげ》に雀《すずめ》〟といった絵柄もある。何か地方特有の花札なのかもしれない。その花札を使い、彼らは〝燕雀《エンジャク》〟なる遊戯をしていた。晃が手札を配りながら、簡単にルールを説明する。胴元である晃が、各々に二枚の札を配り、手札の月の合計が十三に近い者が勝者になる。手札は一枚まで追加できるが、十三を超えるとドボンで失格になる。札の組み合わせによっては役が付く。蓮華は十三月を意味する。

「十三月？」

「つまり八八花《はちはちばな》よか四枚増えて、総札五十二枚ちゅうわけだね。」

燕雀は稔が十三月を引きドボンになった。皆から歓声が上がる。手札が最低二枚なので、一枚でも十三月を引いてしまうとドボンは免れないだろう。何を賭けているのか歩が尋ねると、

「誰が盗みばするか、燕雀で決めてたんだばな。」

話を聞くとこうだった。市街地で、隣町の中学校の男子グループが、高校生の集団に絡まれて暴行を受けた。一人は殴られて鼻骨を折った。その地域は自分達もときに遊びにいく。相手が高校生では身体的に敵わない。護身用の武器が必要だ。皆の金を集めてアウトドア用品店にナイフを買いにいったが、店員に詰問された末に、中学生には販売できないと断られた。だから盗もう。誰が盗みをするか。花札で決めよう。

「歩も一緒にけじゃ。観客いたほうがおもしれぇしな。」

歩は上手く断ることができぬまま、自転車で三十分かけて市街地を訪れた。街外れにある二階建てのアウトドア用品店で、店先にはキャンプ用のテントやバーベキューコンロなどが売られている。藤間が一人で店内に入り、前回と違う店員が店番

をしていることを確認する。こちらへ目配せをする。すると稔はその八の字の眉を寄せて、当惑したような笑みを浮かべて、しかし拒絶することもなく、店内へと入っていった。晃と歩と近野と内田は、自転車に跨《また》がったまま、二人の帰りを待った。

あの藤間という、銀縁眼鏡を掛けたのっぽの少年が、この集団の二番手ではないかと思った。近野は比較的に体格が良いが、変声期中なのかよく声が裏返り、そのせいで発言に自信が感じられない。内田は口数が多いが、背が低く痩せっぽちだった。

と、店先から大人の男の姿が現れる。歩は思わずペダルに片脚を掛けた。右手にビニール袋を提げているので、店員ではなく客らしい。もしものときは、すぐにでも逃げなければいけない。自分は今、明らかな犯罪に関わっている。それは歩の人生において、例のないことだった。五分が過ぎた頃、学生服姿の二人の少年が、おもむろに店舗から出てきた。稔の学生服のポケットは、不自然な形に膨《ふく》らんでいる。藤間は唇から舌を出し、親指と人差し指で小さな丸を作った。

再び自転車を走らせ、旧校舎の前庭へ戻ると、戦利品のお披露目が行われた。晃がナイフのグリップを持ち、親指で刃を押し出し、手首をスナップさせる。冷たい金属音が響くと共に、刃が固定される。刃渡りは十センチ近くあるだろうか、晃がそのナイフで紙パックを真横に裂く。パックは豆腐でも切るように、滑らかに削《そ》ぎ落とされた。ナイフは時計回りに手渡されていき、やがて歩の番がきた。晃と同じように親指で刃を押し出し、手首をスナップさせる。刃先は素早く半円を描き、やはり金属音を響かせて刃は固定された。その冷たい響きに反して、胸中には甘い微熱を覚えた。

戦利品を誰が所有するか決めよう、そう言って、再び花札が輪の中央に並べられる。歩も輪に交ざっていたゆえに、歩の手元にも札が配られていた。勘と運で勝敗が殆ど決まる遊戯なので、技術は必要ない。歩が自身の手札を捲ると、一枚が十三月の蓮華で、一枚が十一月の柳だった。合計で二十四と完全にドボンで、歩はわざとらしく落胆した素振りを見せた。しかし皆からは歓声が上がった。

「鬼雀《キジヤク》様！　鬼雀様！」

蓮華に雀と、柳のカスで、上位の役が付くという。結局、場にそれ以上の役は現れず、歩が勝者になった。晃が悔しがりながらも、歩にナイフを手渡す。掌に収まるその刃物は、先程よりも重さが増している気がした。

その日の夕食時、父は瓶ビールの栓を開けると、まだ酔ってもいないのに、あゆむ君は新しい学校でうまくいってるかね、と冗談を言う口調で訊いてきた。定時には上がれるらしく、東京に居た頃より父の帰宅は早くなり、家族で夕食を囲む機会が増えた。新しい友達もできたし、担任の先生も優しいし大丈夫だよ、と歩は答えた。母は炊飯ジャーから、筍《たけのこ》の混ぜ御飯をよそいながら、あゆは昔から人付き合いが上手だから、と苦笑した。母は人付き合いが下手だった。どの土地でも近所に友達ができず、東京ではちょっとした虐《いじ》めにも遭った。名前を記載した指定ゴミ袋が裂かれ、中身がゴミ置き場の前に散乱していたという。鍵付きの収集ボックスなので、鴉《からす》の仕業ではない。

今日の夕食を、母がテーブルに並べていく。そのオーク材の楕円テーブルは、東京のマンションのリビングでも使っていたものだった。見慣れた馴染み深いテーブルだが、この二階家の畳部屋の中では浮いて見えた。歩の部屋の学習デスクと同じように、歩には馴染んでいるが、家には馴染んでいない。してみると、食卓に並ぶ、カニクリームコロッケも、オニオンサラダも、溶き卵のスープも、どことなく浮いて見える。会話が途切れた際、ジィジィという一定の雑音が鳴っていることに気づく。母は頭上の蛍光灯を見上げたが、しかし音は、母の背後の漆喰《しっくい》の壁伝いに移動していく。その壁の裏側を這う、戸外の虫の鳴き声らしい。

父は瓶ビールを半分空けた頃に、次を最後の引越しにする、と今度は明瞭な口調で言った。管理職として本社勤めになれば、遠方への転勤はなくなる。埼玉郊外に二階建ての家を買い、そこへ移り住む。歩も高校生になれば、転入学をするわけにもいかない、そういう話をした。父母は、幼少期から転校を繰り返させたことに、親として負い目を感じているのかもしれない。あまり叱ることもないし、ある程度の我儘《わがまま》も許してくれる。歩がおねだりすると、わざわざ街へ買い出しに行き、好物のカニクリームコロッケも作ってくれる。歩は歩で、そうした両親の振る舞いに、実は居心地の良さを覚えていた。それから歩は、父の言う埼玉郊外の家を想像してみた。その二階建ての家には、二階の自室と、芝生の庭があるのかもしれない。

食事を終えて自室へ戻ると、歩は学生鞄から折畳みナイフを取り出し、それを机の抽斗《ひきだし》の奥深くへとしまい込んだ。自分があの冷たい金属音を耳にすることも、胸中に微熱を覚えることも、二度とない。

花札の一件を機に、歩は学級に打ち解けた。窃盗の件では、彼らは自分がこれまで関わったことのない悪童ではないかと危惧したが、数日が過ぎるうちにそれは誤解だと分かった。休み時間には教室で談笑し、給食後には校庭でボール遊びをし、放課後に少しばかり花札をする。他の学校の生徒と変わらない、普通の中学生だった。護身用という名目で盗んだ刃物だったが、その後に皆の話題に上ることはなかった。刃物が欲しいというより、万引きという行為がしてみたかったのかもしれない。考えてみれば、十五歳の少年ならば、好奇心で万引きくらいするものかもしれない。

この頃になると、冬の名残《なごり》は次第に集落から消えていった。早朝に霜が降りる日も減った。代わりに大気の中には、春の匂いが混じる。東京に比べると、春が一ヶ月遅れてくる感じがした。事実、校庭の桜もようやくその薄桃の蕾を開かせようとしていた。ある日の学校からの帰路、歩は晴天からゆっくりと白い塵《ちり》が舞い降りてくるのを見た。その塵は、手の平で溶けると、冷たい水になった。この地域で四月に雪が降ることは珍しくないと聞くが、晴天の日に雪が降ることなんてあるのだろうか。空を見上げると、雪は河向こうの北西の山から、流れるようにして集落へ降りてきていた。小学生の子供達が、路傍で天を仰ぎながら、風が咲いた、風が咲いた、とはしゃいでいた。歩は子供達を横目にしながら、彼らにまだ言葉が足りないことを微笑ましく思った。しかし自宅へと続く坂道を登る頃になると、晴天の白い雪片は花弁にも見え、風が咲いた、というのはあながち間違えでもない気がした。

この坂道の麓《ふもと》には、一軒の茅葺《かやぶ》き屋根の民家があった。茅葺き屋根の家など、社会科の教科書にしか見たことがない。茅葺き屋根には斑に青苔《あおごけ》が繁殖しており、午後の陽に眩い黄緑に染まっていた。二三の雪片が、その青苔に落ちて滲みていく。かつての自分の家と同じように、もう何年も空き家なのだろう。と、民家の玄関から、腰の曲がった老婆がぬるりと現れてぎょっとした。老婆はこの見かけない色の白い少年に気づくと、足を止めた。右手に大根、左手に鎌を持ったまま、じっとこちらを見詰めている。歩は挨拶をするのも忘れて、慌てて坂道を登ったのだった。

校庭の桜がぽつりぽつりと咲き始めた頃、学級では三学年の担当委員決めが行われた。歩はこれまで通り、図書委員か美化委員をするつもりだった。最初に学級委員長の立候補を募《つの》ったが、挙手はない。室谷先生の指示で、話し合いで委員長を決めることになる。二学年時は委員長も副委員長も女子が担ったので、三学年は男子がやるべきだと女子グループは主張した。話し合いは、男子六人の中から誰を委員長にするか、という方向へ流れていく。途中で再び立候補を募るが、やはり挙手はない。藤間が、せばアミダクジで決めるべ、と言いだしたが、運ではなく議論で決めろ、と教師に叱責される。

歩にはこれらのやり取りが、全くの無意味に見えた。男子六人の中からリーダーを決めるならば、晃以外に考えられない。そして本当は、誰もがそのことを分かっている。途中、話し合いを終始見ていた歩も、意見を求められる。それで仕方なく、皆が思っていることを代弁した。

「僕は晃君が委員長をやるべきだと思うけれど。」

「なしてそう思う？」

すぐさま鋭い口調で晃に問われ、歩は戸惑ったが、思っている通りのことを口にした。

「僕達六人で何かをするとき、君がいつも率先して物事を決め、行動に移すだろう。同じことを学級でやればいいだけだし、逆に同じことは、君にしかできないよ。」

それを聞くと、晃にしては珍しくどこか慌てた様子で、歩から視線を逸らし、やや紅潮した自身の頬を手の平で撫でた。そこへ教師がやってきて、

「どうだ、東京から来た新しい仲間が、おまえを推薦しているわけだし、委員長をやってみたらどうだ。」

すると晃もようやく観念した様子で、せば俺が委員長さなります、と立候補をした。皆から拍手があがり、歩も一緒になって手を叩く。歩にしてみれば、それは至極当然の成り行きだった。が、この後の学級委員長の宣言で、歩はびくりと背中を震わせることになる。

「三学年の委員長ば務めます。この学校で委員長ば務めるのは二度目です。学級がまとまるよう、精一杯頑張りたいと思います。副委員長には、歩君ば推薦します。彼は東京で過ごしてたはんで、俺達にはない、新しい知識や、考えば持ってらと思います。ぜひ副委員長として、自分を補佐して欲しいと思います。」

返答を待つ間もなく学級には盛大な拍手が起こり、歩の図書委員になるという目論見《もくろみ》は、その拍手に打ち消されていった。

夕食時、学校で副委員長になったことを告げると、父母は目を丸くしていた。あゆが自分で立候補をしたの、母に訊かれ、友達に推薦されたのだと答える。すると二人は余計に驚いていた。

「こりゃ、明日は赤飯を炊かないとな。」

副委員長を務めることと、赤飯がどう繋がるのかは分からないが、父はその後、随分と速いペースでビールを呷《あお》りながら、

「しかし少人数の学級は、皆に役割が与えられる点は良いのかもな。マンモス校だと、殆どがその他大勢になってしまうものな。」

父は郊外の新興住宅地で育ち、かつ子供が多い世代だった。中学校は一学年十ク

ラスにも及び、全校生徒は千人を超えたという。確かにそれだけの人数がいたら、その他大勢になる生徒が殆どだろう。しかし第三は第三で、解体寸前の学校だった。三学年はかろうじて学級になっているが、二学年と一学年は複式学級で、仮にこの学校が存続しても、次年度に進学してくる生徒は三人にも満たないと言われている。教員も確保できず、複数教科を掛け持ちしている教師も多い。やはり統合されて然るべき学校だった。

翌日から、副委員長の仕事が始まった。集会時に点呼をする、給食時にいただきますの挨拶をする、学級会で書記をする、その程度だった。浜松の中学で担った飼育委員より、よっぽど楽だった。あのときは夏休みも分担で登校し、炎天の下、鶏小屋や兎小屋の清掃や餌やりをしたのだった。移動教室の際には、晃と並んで列の先頭に立つ。この学校で背の順に並ぶならば、歩、内田、稔、近野、晃、藤間、の順番で、いずれにせよ自分は先頭だった。しかし今は、副委員長という役割の為に、皆の先頭に立って歩く。それは図書委員や、美化委員では得られなかった、小さな満足を、歩の中にもたらした。父が赤飯を炊こうと言ったのも、分かる気がしてきた。息子が少し成長したように、感じたのかもしれない。

学級会では、教室内に置かれた〝議題箱〟に投稿のあった内容について話し合う。

朝の挨拶について、掃除の仕方について、授業中の私語について。多数決ではなく、話し合いで決めるというのが、教師の方針で、唯一の指示でもあった。議論が煮詰まると、おめはどう思う、としばしば晃に意見を求められた。この際の歩の発言は、やがて辿り着く学級全体の答えの下敷きになることが多かった。晃は感心していたが、これには理由があった。歩は書記でもあったので、皆の考えを要約して黒板に板書していたゆえ、議論がどういう方向へ流れているのか把握しやすかった。何も特別なことではない。このことを晃に言うと、それは特別なことだと答えた。同じことば、稔にやらせてもできねぇだろう。稔はそれを聞くと、やはり気弱そうな眉を寄せるのだった。

　学級会の間、室谷先生は殆ど何もせず、発言もせず、窓側の自身の椅子に座って、皆の議論を眺めていた。いつもクリーム色のニットベストを着た、三十代後半の教師──、後になって知ったが、彼は昨年度に県東の別の市から、第三に赴任したという。矢中先生には他国のスパイが来たと揶揄《やゆ》されたけどね、と彼は笑っていた。過去にこの地方は、東西で違う藩に分かれていたという。西側の津軽藩が裏切った経緯もあり、未だ相手側の土地の人に敵愾心《てきがいしん》を持つ者もいるらしい。歩にしてみると、よく分からない考え方だった。何百年も前の事柄なのだし、同じ県民同士、仲良くすればいい。

学級会後の休み時間に、先生は話し合いに参加しないんですか、と尋ねてみたことがある。すると室谷先生は窓から射す陽差しの中で、殆ど癖と思われるような柔和な笑みを浮かべて、

「学級会の成功はね、僕の出番がないことだからね。」

放課後に男子六人で行動する際も、晃が意見を出し、歩が助言をして、六人の小さな集団が動いていく。あるとき晃と歩のやり取りを見ていた内田は、左大臣、左大臣と手を叩いてはしゃいだ。歩はその渾名が別に嫌ではなかったが、内田は晃に睨まれて肩を竦《すく》めた。いずれにせよ、東京の区立中学と同じように、あるいは浜松の市立中学と同じように、歩はこの第三中学でも学級に馴染むことができた。この頃になると、二階の自室の、学習デスクも、スライド式の本棚も、ライトブラウンのロフトベッドも、いつの間にか日当たりのいい六畳間に馴染んでいた。他人の部屋は、歩の部屋になっていた。オーク材の楕円テーブルも、最初からそこにあったように居室に馴染み、冷ややかな木材の匂いは、一家の生活の匂いに変わった。

ある日の下校時、大量の苗を載せた田植機が迷うことなく田圃の泥の中へ突入していく様を見て、自転車を停めた。田植機は畦道と平行して進み、泥土の中には五

列の黄緑色の点線が描かれていく。その点線のあまりの正確さに、歩は数学の図形を想像した。あの規則正しく整列した稲が、成長し、やがては撓《たわ》わに穂を実らせる。始業式の日の早朝の、澄み通る大気が鼻腔を抜けていく感じを想起しながら思う。同じ空気の中にいるのだから、稲や、野菜や、果物や、動物や、鳥や、昆虫と同じように、自分達もまた健康に育つだろう。

五月の末、季節外れの台風が通り過ぎた後に、むくむくと気温が上昇し、この地域では珍しく三十度に達した。その週、男子は生物室掃除を担当しており、歩は額《ひたい》に汗を滲ませながら窓拭きをしていた。掃除の時間、校内放送でアイネクライネが流れている。浜松の学校でも、掃除の時間にはこの曲が流れていた。歩はこのセレナードの旋律を聴くと、なぜかいつもせせこましい気分になる。

教室の片隅から歓声が聞こえて振り返る。生物準備室へ繋がる木戸の前で、晃達が顔を見合わせて、瞳を輝かせている。木戸が三十センチほど開いている。どうも、担当教員が鍵を閉め忘れたらしい。晃が手招きするので、歩も窓拭きを中断して、生物準備室へ立ち入った。

教員だけが入ることを許された一室、その横長の部屋には北側に窓が一つあるだけで薄暗い。戸棚には埃を被ったフラスコやらビーカーやらが並んでいる。棺桶を立てたような長方形の木箱には、随分と骨の足りない人体骨格模型が吊されていた。窓近くに小型の冷蔵庫があり、晃がドアを開けると、冷蔵室には紙パック入りの果物ジュースや珈琲や牛乳が入っていた。

冷蔵庫の隣に観音《かんのん》開きの戸がある。歩が何気なくその戸を開いてみると、棚には多種多様の薬瓶が陳列されていた。皆から小さな歓声が上がる。水銀、炭素、澱粉《でんぷん》、エタノール、グルコース、アンモニア水、炭酸カルシウム、二酸化マンガン、過酸化水素水——、ラベルに赤字で〝劇薬〟と記された薬瓶もある。歩達は子供の好奇心でそれら薬品を眺めていた。と、アイネクライネが途絶えた。そして戸口から、廊下を見張っていた内田の声が響いてくる。矢中ァこっちゃ歩いてくるぞ。矢中先生は地元のベテラン教師で、生活指導担当でもあった。皆は慌てて生物準備室を後にした。しかし晃だけが、未だ薬棚を見詰めている。藤間に急かされ、晃はようやく戸口へと向かった。

放課後——、いつものように旧校舎前にたむろしていると、途中で晃が、ちょっと便所行ってくら、と輪から抜けた。随分と長い便所だと思っていたが、晃は何か妙な物を手にして戻ってきた。よく見ると、それは木製の試験管立てだった。七本の試験管が差してあり、そのうち六本には白い溶液、一本には透明な溶液が入っている。なんだば、それ、藤間が怪訝そうに尋ねる。白いのは牛乳だね、んで、透明なのは――、晃は含み笑いを浮かべ、コンクリートに茶褐色の小瓶を置いた。その瓶を見て、皆がどよめいた。小瓶には赤字で〝硫酸〟と記されていた。

晃は次に、学生服のポケットからバッタの形をした塩ビの玩具を取り出した。その眩い蛍光色のバッタは、よく見ると晃の手の中で、触角を動かし、棘《とげ》のある六本脚で足掻いている。玩具ではなく、生きたバッタだった。晃はバッタをコンクリートへ置き、透明な溶液の入った試験管を手に取る。バッタは突如の解放に、未だ不思議そうに触角を上下させている。そのバッタへ、試験管を傾けていく。頭上から落ちてくる溶液を、バッタは全身に浴びた。バッタは瞬時に飛び立とうと一度は薄《うす》翅《ば》を開いたが、それは果たされず、当て所なくコンクリートを這ううちに、頭部と胴体が腐食するように焼け爛れていき、やがて六本脚を硬直させて絶命した。

「久しぶりに回転盤でもするべし。」

六本の試験管の一本に、硫酸が混じっている。燕雀でドボンになった者が、どれか一本の溶液を手の甲にかける。久しぶりに、と晃が言ったのは、そうした六つのうち一つだけハズレが交じっている遊戯を〝回転盤〟と言い、過去によく行われて

いたらしい。藤間はちらとバッタの屍骸《しがい》を見た後に、弱々しい笑みを溢《こぼ》しながら、

「さすがにあぶねくね――。」

「薄めてらはんで。」

「だばって。」

「せいぜい火傷《やけど》するぐれぇだ。」

晃は明らかに一種の熱を帯びていた。学級会の際も、晃はときに白熱し、強引に自分の意見を押し通そうとすることがある。歩は副委員長として、あるいは左大臣として、晃を諭すように注意した。

「でもどれだけの火傷を負うか分からないし、危険だよ。」

その声が、思いの外に自信を帯びており、歩はまた小さな満足を得た。晃はこちらを向くと、眉間《みけん》に深い皺を寄せ、切れ長の目を歪め、

「おめぇ、なにつまんねぇこと言っちゅうんず？　回転盤は、わんどの伝統だはんで。」

晃の指示で、藤間が無作為に試験管の順番を入れ替える。そして晃は桐箱から花札を取り出し、日向のコンクリートへ黒札を配っていく。歩の心音は、自分でも驚くほどに高鳴っていた。それは回転盤という行為よりも、自分に向けられた、晃の

言動によるものだった。歩の手札の一枚は、樹木に咲く桃色の花の絵柄で、次の一枚は、垂れ下がる紫色の花房の絵柄だった。桜と藤で合計が七。バッタの屍骸が脳裏にちらつく。水のような汗が頬を伝う。この辺りの数字は、三枚目を引くかどうか微妙なラインだった。しかし下手に三枚目を引いてドボンになることを恐れ、その二枚で勝負した。

歩の心配をよそに、勝負はあっさりと決まった。稔が蓮華のカスと松のカスでドボンだった。皆から歓声が上がり、稔はいつもの照れたような半笑いを浮かべる。そこからは、皆の感覚も、稔の感覚さえも麻痺したかのように、物事は滑らかに進行していく。

稔は試験管立ての上で、右手を右往左往させた後に、端から二番目を選ぶ。と、背後から有無を言わせず、藤間が稔の腕を押さえる。手の平が、コンクリートへ押し付けられる。脂肪でふっくらとした稔の手へ、晃が試験管を傾けていく。白い溶液が硝子の内側を伝い、やがて先端の縁へと達する。歩はバッタの屍骸を一瞥した後に、生物準備室に見た人体骨格模型の手を想起する。やがて縁から溢れた溶液が中空を落ち、稔の手の甲で弾ける。乳白色の液体が手の脂肪を滑り、次第に皮膚が露わになる。そこには何も変わらない、肌色で、血色の良い、健康な手があった。

稔は半笑いを浮かべたままで、苦痛の色は覗《うかが》えない。皆から歓声が上がった。

「どれがハズレだったんだべな?」

内田は両手に試験管を持ち、液体を見比べながら言う。すると晃は赤い舌を覗《のぞ》かせた後に、

「本当はどれもただの牛乳だべ、だばって硫酸だきゃ。薄めても、稔の手が骨さなるかもしれね。」

すると皆からは、安堵とも落胆ともつかぬ笑いが起きた。先程の豹変も含めて、晃のペテンだったのだと分かり、歩もまた胸を撫で下ろした。その和やかな空気の中で、晃は硫酸原液の薬瓶の蓋《ふた》を開けると、すっくと立ち上がった。皆が未だ子供の笑顔を浮かべる中、晃は稔の頭上でその薬瓶を傾けていく。陽光を透かした虹色の溶液が、稔の頭部で音を立てて弾けた。溶液は勢いよく周囲へも飛び散り、皆の表情は一瞬で凍り付き、慌ててその場から飛び退く。その大きな輪の中央で、稔は不動のままに顔から液体を滴らせていた。

2

六月に入ると小雨の日が続き、数日は放課後に集まることはなかった。稔は普段と変わらぬ顔で登校していた。彼の顔に、白い縫い痕以外の傷はない。あの回転盤の際に、稔の頭上で弾けた液体は、ただの砂糖水だった。晃が薬瓶のシールを貼り替えていたのだ。砂糖水を滴らせて日光の中に佇む稔をよそに、晃がバッタの屍骸を金網の向こうへ放り、回転盤は終わった。窃盗はともかく、回転盤は子供の悪戯で済ませられるだろうか――、いずれにせよ、晃は稔に暴力を振るうことで快を得ている。その種の生徒は、どの学校にも一定数いるものだった。

週明けから天候が回復し、月曜の放課後、再び旧校舎前に集まった。その日は燕雀ではなく、相撲《すもう》の話で盛り上がった。藤間が春休みに、県外で相撲の巡業を観戦したという。藤間は意外に話が上手く、身振り手振りを交えて白熱した取組を語り、皆はのせられた。せばわんども相撲でも取るべ、晃が言いだし、途端に相撲の準備が始まった。藤間が用具入れからライン引きを持ち出し、カラカラと白い石灰の円を描く。近野が金網の脇から、厚手の天狗《てんぐ》の葉を毟《むし》ってくる。内田がコンクリートに、チョークで対戦表を書く。晃は歩の隣で、桐箱から花札を取り出し、

「わらしとめどちは相撲好きってな。」

「めどち？」

「安井の爺さん、上沢でめどちに、尻子《シリコ》玉《ダマ》ぬかれたんだね。」

あれよあれよと相撲を取ることになったが、歩は体格にも体力にも自信がない。花札の一月から六月を使い、対戦相手を決める。相手は稔か、華奢な内田を望んだ。札を返すと、初戦に近野と内田、二戦目に藤間と稔、そして三戦目は、晃と歩だった。回転盤の際に見た、眉間に深い皺を寄せた晃の顔がよぎる。歩は新校舎へと繋がる、渡り廊下を見遣る。職員室から、帰宅せずに学校内で騒いでいる生徒を、叱りにくる教師はいないだろうか。

天狗の葉を軍配団扇《うちわ》に見立て、藤間が行司《ぎょうじ》を務めた。三人が土俵に入り、三人が土俵を囲んで観戦する。藤間が天狗の葉を掲げ、近野と内田が、開襟シャツに黒ズボンといった格好でぶつかり合う。荒い息遣い、肉体のぶつかり合う軋み、靴底が地を擦る響き――、晃との対決に不安を抱きながらも、その光景がひどく健康的なものに見えた。近野が内田に脚を掛ける。内田はよろめいたが、土俵際でどうにか

残る。歓声が上がる。その少年らしい声高な歓声は、歩の胸の中に響いてくる。稔でさえ顔を綻《ほころ》ばせ、白い歯を見せて手を叩いている。

この土俵の内側で、晃と正面からぶつかり合う。おそらく自分は、晃との対決に負けるだろう。膝小僧くらい擦り剝《む》くかもしれない。でもそれは、放課後に少年が相撲を取る際の、有り触れた出来事だった。その有り触れた出来事の中に、自分が交ざっている。歩はあの小さな満足にも似た、いくらかの高揚を覚えていた。再び土俵際で近野が足を掛け、内田はそのまま横倒しになる。僅かに土煙が昇り、藤間が天狗の葉を掲げる。晃と稔は拍手喝采し、気づけば自分も一緒になって手を叩いていた。

二戦目は歩が行司を務めた。土俵中央で、藤間と稔がぶつかり合う。稔は目方があるが、筋力がないのか、のっぽの藤間にじりじりと土俵際へ追い詰められた。その土俵際で藤間が稔の腰のベルトを摑み、上手投げをする。稔は勢いよく土俵外へ転がった後に、立て掛けてあったライン引きに衝突した。辺りに金物の音が響き、稔はその金属の箱の中の白い石灰を、頭から被った。途端に白髪頭になり、衣服も白い塵埃にまみれた。その姿を見た藤間は、大声で笑いたてながら、

「なんだおめぇ、乞食《ほいど》みたいじゃねか。」

藤間の嘲笑はすぐさま皆にも伝播し、笑いの渦が生まれた。稔自身も白髪を撫でながら、いつもの薄笑みを浮かべていた。それで歩も笑みを浮かべようとしたとき、無言で土俵に立ち入る少年の姿があった。晃だった。晃は未だ笑いの最中にある藤間の胸ぐらを摑むと、思い切り地面へ引き倒した。

「稔のどこが乞食なんだ、ふざけたことば抜かすな！」

笑いの渦は、瞬く間に途絶えた。沈黙の中、藤間は地べたに尻餅をついたまま、目を丸くしていた。その放心の時間が過ぎると、肩を上下させて啜《すす》り泣きを始めた。晃は土俵を出ると、稔に歩み寄る。稔の手を取って立たせると、衣服についた石灰を払ってやる。晃が稔の黒ズボンを叩く度に、白い煙が舞う。稔はどこか恥ずかしげに、晃に身を任せている。歩は土俵の中央で立ち尽くし、天狗の葉を握り締めたまま、暫くその光景から目を離すことができなかった。

結局この二戦目で、相撲は取り止めになった。藤間は泣き腫らした顔を水道で洗い、近野は散らばった石灰を箒で集めた。内田はデッキブラシで対戦表を擦り、晃と歩の名前はやがて水の中に滲み消えた。この日の帰路、歩は薄暮れの農道を自転車で走りながら、二年前に浜松で同級だった、永田という少年を思い出していた。彼は稀に見る悪童で、やはりよく暴力を振るっていた。しかし永田の暴力は、単純で明快だった。稔の役割に居た少年に対して、一方的に暴力を振るうだけだった。そして永田と距離を取ることは容易だった。学級には生徒が四十人も居たのだ。第三の三学年に男子は六人しか居ないので、否が応でも、晃と行動を共にしなければならない。

自転車を降りて畦道を進み、小川に架かる石橋を渡る。泥と草の匂いが、鼻腔を過《よ》ぎる。ふと晃の言葉を思い出す。橋の下の、夕闇に沈む水辺の藪の中に、尻子玉を抜くという生物が棲んでいても、不思議ではない気がした。

相撲の翌日からは、再び何事もなく日常が過ぎた。泣かされた藤間も、特に普段と変わらない調子で晃と接していた。六月とは言え、日がな一日、雨天の日は少なく、午前に通り雨が過ぎ、昼過ぎには青空が広がる。東京に比べると、山間の天候は慌ただしかった。放課後は、再び皆で花札をして過ごした。天狗と菊花の絵が描かれた、桐箱入りの黒裏花札――、その花札は、先輩から譲り受けたものだという。捲り札をせずに、毎回、晃が胴元を担当することが不思議だったが、何でも胴元役も、代々先輩から引き継ぐという。十三月があることを除けば、歩の知る八八花と絵柄は殆ど一緒だった。ただ燕雀においては光札より重要な札があり、それが柳のカスだった。晃達はこの札を〝鬼札〟と呼んでいた。

確かに柳のカスだけは全面が血のように赤く、その中に暗い陰が落ち、花札の中でも異様な一枚ではあった。赤と黒の絵柄から鬼を連想したんだね、歩が言うと、晃は違うと答えた。鬼が描いてらはんで鬼札だね、そう言って札の右隅を指差す。よく見ると、ただの模様線だと思っていたが、確かに赤い背景の中に、枠外から伸びてくるような鬼の手が描かれていた。燕雀では鬼札を使い、多くの役ができる。それはこの地域の人間が、鬼に寛容なことと関係しているのかもしれない。水田の水が枯れ途方に暮れていたところ、山に棲む鬼が堰を作り水を引いた、その鬼を祀った社《やしろ》が市街地の西にある、その地域では節分に豆まきをしない、そんな話を矢中先生の雑談で聞いた。

燕雀ではときに金銭が賭けられた。全員分の缶ジュースを買う、スナック菓子を買う、その程度の少額の賭けだった。金銭が賭けられたとき、窃盗や回転盤などリスクを伴うとき、決まって稔が敗者になる。勘と運で勝敗の殆どが決まるこの遊戯で、肝心なときに負けるというのは、よほど勝負運がないのだと思った。稔を見る限り、それは人生運かもしれない。ある放課後、やはり金銭を賭けて燕雀が行われた。旧校舎前で輪になり、胴元の晃によって札が配られていく。このとき、皆は自身の黒い札の表に、何の絵柄があるか、そのことに意識が向いている。場は、勝敗が決する瞬間に近い熱を帯びる。しかし歩の意識は、晃の指先に向けられることが多かった。

晃は男子の中でも体格は良かったが、指だけは女のように綺麗で、爪も卵形で艶がある。その十本の指を巧みに使い、滑らかに札を操る。どこか手品師のような晃の手捌《てさば》きを見ることが、歩は好きだった。だから気づいてしまった。流れるように滞りなく続く彼の札配りが、一瞬の停滞を見せ、そして一層の柔らかみを帯びる、その一瞬に。薬指が最も後ろに積まれた札の背面を撫でるように滑り、引き抜かれた、正当な順番ではない札が、稔の下へと配られる。稔は花札の絵柄を見ると、その気弱そうな八の字の眉を寄せる。晃は涼しい顔で、花札の束を場へ戻す。稔の手札は、十三超えの役無しドボンになる。

汗だくになって、稔が人数分の缶ジュースを買ってくる。歩の手にも、冷たいコーラが渡される。プルトップを開け、一口呑む。不正によって得た飲み物とは言え、放課後の暑い最中に飲むコーラは旨い。そしてふと気づく。意図して誰かを敗者にできるならば、意図して誰かを勝者にもできるかもしれない。あの刃物の所有権を決めるときの遊戯を思い出す。もしあの遊戯に晃の虚偽が含まれていたならば、成程、彼は最も危険のない相手に、刃物を所有させたことになる。

再びコーラを口にすると、視界の端に稔の姿が映った。稔は地べたに座って、じっとこちらを見詰めている。彼は自分の飲み物は買ってきていない。それで稔を不憫《ふびん》に思い、彼に歩み寄り、コーラを差し出して、

「あとは飲んでいいよ。」

すると稔は頰の肉を動かした後にコーラを受け取り、喉を鳴らして、残りを一息に飲み干し、空き缶を歩に返した。

不正をして稔をドボンにするくらいなのだから、やはり晃は稔を貶めることで、快を得ているに違いなかった。そんなある日の早朝のことだった。教室へ入ると、藤間と近野と内田が集まり、何やら薄笑いを浮かべていた。晃と稔はまだ登校していない。手招きされて、彼らに近づくと、久しぶりに〝透明人間〟するべし、と言う。訊けば、稔から何を話しかけられても、一切の返答をせずに、透明人間として扱う遊びだという。なんのことはない。東京の学校でも見た〝無視〟だった。その頃に、稔が廊下から教室へ入ってきたので、藤間達は何食わぬ顔で一限目の準備を始めた。

休み時間、確かに彼らは稔を透明人間として扱っていた。稔に話しかけられても、

曖昧に頷いたり、虚空《こくう》を見詰めたりする。その度に稔は、恥ずかしがるような笑みを浮かべ、眉を寄せる。歩は平素から稔と殆ど話すことはないので、この遊びに参加する意味はなかった。そして給食準備時間――、歩は玉杓子《たまじゃくし》を片手に、南瓜《かぼちゃ》ポタージュ入りの汁食缶の前に立っていた。その隣で、揚げパンは近野君やるな？　そう尋ねた稔を、近野が完全に無視してそっぽを向いた。そっぽを向いた先に、割烹《かっぽう》着《ぎ》姿の晃が居た。

「今、稔がおめぇに話しかけただろう？　なして答えね？」

晃の声色は刃物の冷たさを帯びており、近野は明らかな狼狽《ろうばい》を示した。

「おめら今朝から、稔の言葉を聞き流してただろう。なんでだば？」

近野はしどろもどろになり、何度も声を裏返しながら、種明かしをした。稔ば透明人間として扱う、ただの遊びだね、前にも流行《はや》ったべ、なに本気なってら。近野はそそくさと給食の配膳を始める。晃も配膳車から、飯碗が重なるアルミカゴを抱えてきたが、とある瞬間、歩は目と鼻の先で、鈍い音を聞いた。近野が蹲《うずくま》って、頭部を押さえている。晃は飯碗を片手にしたまま、今度はどこか涼しげな瞳で、近野を見下ろしていた。

透明人間の一件は、晃が担任から簡単な注意を受けて終わった。近野は頭部に、小さな瘤《こぶ》を作っただけだった。しかしこの後、なぜか歩が職員室に呼び出された。室谷先生はやはり柔和な微笑みを浮かべ、皆には何も言わないから、ことの経緯を説明して欲しいと述べた。晃は先生の問いかけに、何も答えなかったらしい。それで歩は正直に語った。朝から藤間君と近野君と内田君が稔君を無視していて、そのことに晃君が怒ったみたいです。正直に語ったのに、その言葉は嘘みたいに聞こえた。先生は一人で頷いた後に、やはり柔和な微笑みを浮かべ、歩を教室へかえした。

職員室前のリノリウムの廊下を歩きながら、再び永田を思い出していた。透明人間の件と同じように、あるいは昨年の暴行事件と同じように、あるとき永田は物で少年を殴打した。多くの生徒がその一部始終を見ており、歩もその中の一人だった。永田達はプロレスごっこをしていた。その最中に少年の手の平が、永田の頬を弾いたとかで揉めていた。永田は少年の胸ぐらを摑み、少年は助けを求めるように当て所もなく視線を動かした。永田の怒りは収まらず、ロッカーからスパイクシューズを持ち出し、少年の頭部を殴打した。思いの外、軽く滑稽な音が教室内に響いた。しかし蹲り頭を押さえている少年の指の隙間からは、確かに赤い血が滲み出ていた。少年は保健委員に連れていかれ、五限目が始まると、教室に永田の姿もなかった。

る由はない。

歩はその直後に転校したので、この件の顚末も、その後のあの学級についても、知

集会室の掲示板前で、歩は足を止めた。校内新聞に、三学年の学級演劇について記されていた。第三では毎年六月に、三年生による学級演劇が行われている。一昨年は〝グスコーブドリの伝記〟、昨年は〝セロひきのゴーシュ〟で、新聞によれば、特に一昨年の演劇は例年にない完成度だったという。――皆で団結して今年も学級演劇を成功させましょう、記事はそう締めくくられていた。歩と晃と稔は、この学級演劇で役の他に小道具係を担当しているが、その制作は一向に進んでいない。そして学級演劇は、翌々週に迫っていた。

土曜の早朝、歩は文具店へボール紙とポスカを買いに出かけた。晃と稔に小道具制作の件を持ちかけると、せば土曜に歩の家で小道具ば仕上げるべ、と晃は言った。確かにそれくらいしないと、本番までに仕上がりそうもない。文具店からの帰路、歩は国道の途中で自転車を停めた。黄緑の点線だった水田の稲が、いつの間にか自分の膝下ほどにまで成長している。朝陽の中に細長い緑葉が揺れ、眩い光を弾いていた。初めてこの土地を訪れたとき、その場所はただの泥土だった。

三月末、日の出前に東京のタワーマンションを出て、父の車で八時間は高速道路を北上したように思う。高速を降りる頃はもう午過《ひる》ぎだった。国道を走るうちに、住宅や店舗は疎《まば》らになった。路傍にはそこかしこに雪溜まりが残されていた。途中、給油機が二台しかない山裾のガソリンスタンドを過ぎると、あとは森ばかり続いた。幾つかのトンネルを抜け、幾つかの峠を越え、蛇行した道路を上り下りし、次第に山のどの辺りを走っているのか分からなくなった。殆ど人の手がつけられていない原生林が続き、この山脈の向こうに、人が住んでいるとはとても思えなかった。

三つか四つの山を越えた後に、眺望が開け、左手に山の傾斜、右手は谷間といった舗装路を進み、ようやく人の手のつけられた自然が現れる。山の斜面の杉が伐採されていたり、平原に冬枯れの樹木が一列に並んでいたりする。ガードレールに赤い実の絵が描かれているので、平原の樹木は、林檎の果樹らしかった。こんな山間の谷奥に、人が住んでいることが不思議だった。稲作ができる面積も少ないし、石炭や銅といった資源が採掘できるわけでもない。平野の広がる市街地のほうがよっぽど住みやすい。この土地で生活を始めた最初の一戸は、なぜこんな不便な場所に居着いたのだろう。隣でハンドルを握っている父に訊いてみるが、父も首を傾げていた。すると母が後部座席から、少し浮かれたような声で、

「〝住めば都〟になったんじゃないかしら。」

どの土地も〝都〟にならなかった母が言うので、歩は何も答えられずに微笑を浮かべるばかりだった。やがて国道右手に田園地帯が見え始めた。水田は、長方形の黒い泥濘《でいねい》だった。その泥土の中途に、一羽の白鷺《しらさぎ》が居た。細長い二本足を泥に刺して、西の方角を向いて佇んでいた。

あの泥土に、今では規則正しく稲が植えられ、初夏の風に緑葉を揺らしている。この土地の実りは八月だろうか、九月だろうか、歩はふと、目の前の田園地帯が黄金色に染まり、撓《たわ》わに稲穂を垂らす光景を想像した。こうした山間の土地でも、稲は成長し、野菜は育ち、果樹には実がなる。やはり最初の一戸には、この土地が〝住めば都〟になったのかもしれない。

午前九時を過ぎた頃に、自宅玄関の呼び鈴が鳴った。玄関には、晃と稔が並んで立っていた。母に迎え入れられて、二人が居間へと上がる。歩はこの二人が自分の家にいることが不思議だった。街中で偶然に家族を見たときにも似た違和感を覚えた。三人は仏間の隣の、日当たりの良い畳部屋で工作をした。晃が布切れやロープで白象の鼻や尻尾を作る。稔がヘアバンドにボール紙を取り付けていく。それはやがてオツベルの犬の耳になる。歩は月の仮面に、黄色のポスカで色を塗っていた。

黙々と作業は続いた。その甲斐もあって、正午が過ぎる頃には殆どの小道具が仕上がった。その頃に母がやってきた。襖から半身を覗《のぞ》かせたエプロン姿の母は、昼食を作ったからどうぞ、と言う。歩達三人は、工作道具を手にしたまま、無言で顔を見合わせた。居室の襖を開けると、座卓には唐草模様の深皿が三つ並んでいた。母がよく作る、茄子《なす》と油揚げのそうめんだった。

座卓の前に座り、三人でそうめんを啜った。歩は揚げを一口食べた後に、居室の角のテレビを眺めた。午のニュースが放送されており、午後の天気を伝えている。それからまた正面を向いた。晃と稔が、自分の家の居間でそうめんを啜る姿が不思議だった。母は順番にコップへ麦茶を注いだ後に、歩の左隣の座布団に腰を下ろした。昼食を作って貰っておいて何だが、今は母によそへ行って欲しかった。

「晃君も、稔君も、ずっとここに住んでいるの？」

母の問いかけに、晃と稔は深皿から同時に顔を上げた。自分には関係のないことなのに、歩の持つ箸は止まった。箸の先から、するするとそうめんが落ちていく。口を開いたのは晃だった。

「そうですね。だから俺達は、幼稚園から中学校まで、ずっと一緒です。」

「じゃあ、二人は幼馴染なのね。」

母は困ったような微笑を浮かべ、首を傾けた。湯上がりの河辺で見た、父の仕草と同じだった。

「歩君は中学校を卒業したら、また引越しをするんですか?」

「うちは転勤族だから。ようやくその土地に馴染んだ頃に、出て行かなくてはならないの。」

歩はそんなやり取りを見ながら、晃が標準語を話していることにも、真っ当な受け答えをしていることにも、些か驚いた。稔はというと、二人の会話に気を取られながらも、黙々とそうめんを啜っていた。晃は茄子を摘まんだ後に、

「こういうそうめんは初めて食べたけれども、美味しいですね。炒めた茄子にも、油揚げにも、味がよく染みていて。」

それを聞くと母は、今度は確かな微笑を浮かべて、

「私が生まれ育った街の、郷土料理なのよ。」

昼下がりにすべての小道具を作り終えた。小道具を詰めたリュックを背負って、晃と稔は杉木立の坂を降りていった。二人を見送った後に、ちょっとやんちゃそうに見えたけど、しっかりした子ね、と母は言った。それを聞いて、大人も簡単に騙す晃に舌を巻いた。騙す――?　晃が母を騙す必要など、どこにもなかった。

二階の自室へ入り、窓を開けると、坂の下の杉木立の陰に、未だ晃と稔の姿が小さく見えた。二人で何か話している。何を話しているのだろう。耳を澄ませてみても聞こえてくるのは、納屋で鳴いているらしい首螽蟖《クビキリギリス》のジィという響きだけだった。二人の会話は、随分と長く続いた。歩は次第に、自分や母の悪口を言われている気がしてきた。よそ者の自分や、風変わりなそうめんを作る母の、悪口を言っている。晃がリュックから象の尻尾を取り出し、毛糸で作った尾毛を指差す。単に小道具の出来映えを語っているだけらしい。やがて二人は三叉路で別れ、お互いが違う方角へと歩いていった。その頃にはもう、納屋の首螽蟖の音《ね》も途絶えていた。

納屋は、前庭を挟んで、自宅の斜向《はす》かいにあった。木造二階建てで、赤トタンの屋根に、黒ずんだ杉板の壁面、同じく黒ずんだ杉の支柱――、ある土曜の午後、母に誘われてこの納屋に入った。納屋には実に様々な形の農具が、乱雑に収納されていた。鍬《クワ》や鋤《スキ》や臼《ウス》くらいなら歩にも分かるが、二本の竿竹が連結したものや、木製の自在箒のようなものなど、名称も用途も全く不明な農具も多くあった。母は信州の田舎育ちで、また母の実家も農家だったので、殆どの農具について知っていた。歩の矢継ぎ早な質問に、それは唐竿《カラサオ》で、そっちは八反ずり、母はいくらか得意げに答えていった。

歩は農具を物色するうちに、ある言葉を見つけた。棚上に横たわる、太い胴回りの木槌の持ち手に〝豊かな沈黙〟と手彫りの文字が記されていた。農具の持ち主が彫ったならば、それは歩が目にした、この家に棲んでいた老夫妻の唯一の言葉だった。しかし意味が分からない。豊かな言葉、なら分かるが、沈黙は無言なわけで、無言が豊かとはどういう意味だろう。母に訊くと、その農具は横槌と言い、藁打ちに用いるという。手彫り文字については、母も首を傾げるばかりだった。

納屋には、骨董品のような物も多く仕舞われていた。白磁《はくじ》の花瓶、素焼きの壺、虎の絵の掛け軸、錆びたカンテラ、手巻式の懐中時計、三菱製の足踏みミシン――、数本の日本刀まで出てきたときには驚いたが、鞘《さや》から抜いてみると、刃のない模造刀だった。それでも随分な重さがあり、歩の足下は覚束なかった。

母はとある段ボールから、金物の皿を取り出し、懐かしい、チャッパがある、と洩らした。よく見ると皿ではなく、シンバルの形をした楽器だった。持ち手には赤い房が付いている。シンバルのように打ち鳴らすのではなく、擦り合わせて音を出すという。母の祖父、歩から見ると曾祖父が、チャッパを持って地元の祭りに参加していたという。神主が放った大豆入りの麻袋を、半裸の若者達が奪い合う意味不明の祭りだったと、母は笑った。きっと麻袋を手にした人の家は、その年の五穀豊穣が約束されるんだよ、歩が言うと、確かにそうかも、と母は感心した。奪い合いをできるだけの若者が村から居なくなったので、その祭りはもうない。

母がチャッパを擦り合わせると、シャンシン、シャンシンと、遠い異国の楽器のような音色が納屋に響いた。母はチャッパを手にしたまま、音色の行方を辿るように天井辺りを見回して、この納屋、整頓して掃除をしたら、ちょっとした別宅になりそうね、などと洩らしていた。一方で歩の興味を引いたのは、からくり人形だった。十五センチほどの小さな人形で、前髪を結った着物姿の童子が、両手で御盆を持っている。腰に付いた螺旋《ネジ》を巻いた後に、三センチの湯呑みを御盆へ載せると、童子はこっくりこっくりお辞儀をしながら、誰かを探すように、陽光の射す納屋の床を歩いていくのだった。

銭湯や燃料店へ行く際には、この納屋の裏手から続く、杉木立の坂を降りていく。坂の麓には、あの茅葺き屋根の民家がある。初見では逃げ出してしまったが、老婆とは挨拶を交わす程度の間柄になった。老婆は歩のことを〝旧家の坊ちゃん〟と呼んでいた。誰かと勘違いしている。坂の上の家に引越してきたんですよ、歩が説明すると、老婆はうんうんと頷いた。しかし次に会ったとき、また旧家の坊ちゃんと呼ぶ。毎度同じ説明をするのも面倒になり、もう旧家の坊ちゃんということにした。ある日の学校帰り、この民家を通りかかると、老婆に声をかけられた。おやつがあるから、食べていきなさいという。

玄関の木戸を開けると、土間があり、居間には囲炉裏《いろり》があった。囲炉裏など昔話の挿絵にしか見たことがない。天井から吊された自在鈎《かぎ》には、挿絵に見たのと同じ、魚の形の横木が吊してある。囲炉裏の中央では、黒炭がほんのりと赤く染まっていた。炭で餅でも焼くのかと思ったが、老婆は何やら、白いスポンジのようなものを竹串に刺し、囲炉裏へ並べていく。

「マシュマロお食べ。」

炭火で炙《あぶ》ると、マシュマロは表面がキツネ色に焦げた。老婆が手渡す竹串から、一つ頬ばる。外側は歯触り良く香ばしく、内側は柔らかく甘く、上等な焼き菓子を食べているようだった。

「酒も呑み。」

老婆は囲炉裏に挿した竹筒から、白く濁った酒を湯呑みに注いだ。湯呑みを受け取ると、匂いでそれが甘酒だと分かったので、躊躇わずに一口呑んだ。酒麴の香りに、仄《ほの》かに青竹の香りが混じっており、また囲炉裏で人肌ほどに温まっているせい

か、少し酔った気分にもなった。老婆は火箸で炭の位置を調整しながら、

「旧家の坊ちゃんも、もうすぐ舟子《ふなこ》の年齢なるっきゃさ。坊ちゃんの晴れ姿ば見らごとできたら、オラもう思い残すごとねじゃ。」

舟子とは漁船の船頭のことだろうか、いずれにせよこの土地から海までは相当な距離がある。しかし老婆が勝手に自分を誰かと勘違いしていることが面白く、また腹の中の甘酒のぬくみも手伝って、聞き覚えのある方言を並べて、適当にのせられてみた。

「わっきゃもう坊ちゃんじゃね、大人じゃ。皆のために立派に舟子ば務めてみせら。」

すると老婆は火箸を手にしたままぴたりと静止し、その瞳は明らかに潤《うる》み始めた。適当に口にした言葉が、何かの的を射てしまったようで、気まずくなり、歩は残りのマシュマロを慌てて口へ詰めると、そそくさと老婆の家をあとにした。

戸外へ出ると、もう日が傾いていた。自宅へと続く坂道を登る頃には、甘酒のぬくみも醒めていた。そして老婆の言う旧家の坊ちゃんなる人物は、今どこで何をしているのかと思った。納屋を通りかかると、埃ハタキを片手にした母が、咳き込みながら戸外へと駈けてきた。

ある日の午後、この納屋に今度は一人で入ってみた。また何か面白い物が見つかるかもしれない。納屋は前回よりもいくらか整頓されていた。乱雑に散らばっていた農具は、壁際へと纏《まと》めてある。と、棚下の段ボールの中に、風変わりなお面を見つけた。黒布で二つのお面が繋がっている。一つは目尻の下がった恵比寿様のお面で、もう一つはつり目の鬼のお面だった。歩が学級演劇用に作った、ボール紙のお面とは随分と出来映えが違う。しかし人間は顔が一つなので、同時に二つのお面をすることはできない。

試しにその黒布を被ってみると、成程、顔の正面に一つのお面がきて、後頭部にもう一つのお面がくる。と、背後から悲鳴が聞こえてきて、振り返ると、やはりハタキを片手にした母が、納屋の戸口で身を強張らせていた。後ろ側にきていた、鬼の面を見てしまったらしい。

六月末、学級劇はつつがなく開演された。会場は体育館ではなく、新校舎一階の集会室だった。観客は学校職員と、僅かな下級生だけだった。歩は牛飼い役で、晃と稔は百姓役だった。藤間は議長の象で、近野は象で、内田は赤衣《せきい》の童子。演技は誰も上手くないし、台詞を忘れている生徒もいたが、中学校の劇なのでこれでいいのだろう。やがてオツベルが潰されて死に、白象が寂しく笑い、歩がナレーションを入れ、疎《まば》らな拍手と共に、演劇は終わった。

翌週に定期試験の返却があった。東京の学校の定期試験では、数学と社会だけが学級で三番以内だった。第三ではどの教科も三番以内で、数学に至っては一番だった。藤間は歩の答案を覗き込み、おめいつの間に勉強してたんば、と悔しがっていた。藤間の家は町医者だった。将来は医者になることを両親に嘱望されているというが、そこまで出来は良くないと本人は嘆いていた。歩は藤間の父を、学校の内科検診の際と、銭湯とで、二度見たことがある。背が高く、丸縁眼鏡を掛け、髭《ひげ》を蓄えており、いかにも町医者という風情だった。しかし湯の中では、どこにでもいる父親の顔だった。

晃と近野と内田の家は兼業農家だった。この田舎町でも、専業農家は殆どいない。確かに米の生産量や消費量は、年々減少していると習った。歩も母の作る混ぜ御飯は好きだが、白米はそうでもない。この地域に至っては人口も減少している。晃達とて高校を卒業する頃には、この土地を出るのかもしれない。一方で稔の家は、街で精肉店を営んでいた。八十円の牛肉コロッケが旨いらしく、放課後に皆で食べに行くこともあるという。

定期試験の返却が済むと、夏期休暇前の大掃除があった。教室の机をすべて片付け、缶詰容器に入った黄色い樹脂ワックスを床へと垂らす。ガソリンオイルに似た、仄かに甘いような匂いが教室に漂う。四つ這いになって、雑巾で床を磨いていく。黒ずんでいた床板に驚くほどの艶が出て、その過程が面白く、歩は熱心に床磨きをしていた。

「そんな一生懸命に磨いても、意味ねじゃ。」

顔を上げると、晃が教卓に寄り掛かり、窓の外を眺めていた。

「どせ来年には、ぜんぶ剝がされんだ。」

授業参観は、その翌日に行われた。母の隣に、父の姿を見つけて驚いた。父が授業参観に来たのは初めてだった。職場から近いので、昼休憩中に抜け出してきたのかもしれない。父は細身のスーツを着て、レジメンタルのタイを締め、左手首にはブルーの文字盤のクオーツ時計をしている。母は白のブラウスに、紺色のコットンパンツという格好で、菫《すみれ》色のイアリングが耳朶《みみたぶ》で煌めいている。こうして見ると、父母の姿は浮いていた。多くの親が農業や林業や果樹栽培で収入を得ている。そうした労働の色が、自分の父母には覗《うかが》えない。彼らとは違う年の取り方をしている。あるいは、未だ東京で過ごしていたときの色が、残されているのかもしれない。

歩は迷った末に、教師の発問に挙手をして正解した。ふいと振り返ると、父は右手で小さなグッドマークを作っていた。歩は涼しい顔をして前を向いたが、その後に赤面して背中に汗をかいた。授業参観には、晃の母と、稔の母の姿もあった。人数が少ないので、すぐに判別がついた。晃の母親はまだ随分と若く、色が白く、目鼻立ちが晃によく似ている。一方で稔の母親は五十歳前後で、化粧気はなく、日に灼けている。去年の今頃、稔の家の玄関で、あの色の白い母親が、あの日に灼けた母親に、頭を下げたのだ。

授業参観を終えると、学級にはどことなく浮かれた空気が漂った。定期試験も終わっているので、授業にも今一つ身が入らない。歩は始業式から今日までのことを思い出してみる。窃盗や回転盤など肝を冷やすこともあったが、夏休みが過ぎて秋を迎えれば、この学級はより自分に過ごしやすいものになるだろう。そして三学期には受験をして進路を決め、卒業式の後には、父の言う埼玉郊外の家へと引越す、そんな漠然とした未来を描いてもみた。

ある日の帰路、国道左手の水田地帯に風変わりな鳥を見つけた。水田の稲は、もう自分の膝上程までにも成長している。その水田の右側から左側へと、アヒルのようなシルエットの鳥が遊泳していた。遠くからだと、その姿はゼンマイ式の玩具にも見えた。

自転車を停めてよく見ると、括《くび》れた長い首に、光沢を帯びた緑色のつるんとした頭に、黄色い嘴《くちばし》——、アヒルではなくマガモだった。しかしマガモならばそれも不思議で、なぜ冬鳥が未だ日本に居るのだろう。怪我でもして、渡りそびれたのだろうか。鳥は水田の中程で止まると、嘴を左右に振り、頭を水につけ、田にいるらしい虫を啄《ついば》む。虫を嚥下《えんげ》すると、再びゼンマイ式の玩具のように泳ぎ始める。トラクターが土埃を立てて自分を追い越していくまで、歩は水田と、緑の稲と、野鳥とを、ぼんやりと眺めていた。

この話を母にすると、それは合鴨じゃないかしら、と笑った。鴨を水田に放して、害虫を食べて貰う農法があるらしい。確かに歩には、マガモと合鴨の区別はつかない。その後も歩は、ときに水田にあの風変わりな鳥を探したのだが、もうその姿を見ることはなかった。

再び気温が三十度を超えた。山の向こうで高気圧が停滞しており、熱い空気がこの土地へ降りてきているらしい。放課後、皆は旧校舎前の日陰にたむろしていた。アスファルトが熱を持っており、その熱気がときに日陰にも流れてくる。汗が引くことはない。

晃は薄雪に染まったような白い稲を手にしていた。歩が不思議そうに稲を見ていると、イナゴさ魂ッコ抜かれた稲だね、と晃は言った。何でも、害虫に養分を取られて上手く成長できなかった稲が、白穂になるという。今は農薬の品質がいいから昔に比べると減ったが、それでも一反に数本は必ず見つかる。稲の形はしてらが魂ッコ抜かれてらはんで、稲の抜け殻みてぇなもんだね。そんな話を聞くと、薄雪色に見えた稲は、途端に白骨の色にも見え始めた。晃はその白穂で、自身の掌を弾くような仕草をしながら、

「退屈だはんで、久しぶりに彼岸《ひがん》様でもするべし。」

その言葉を聞くと、藤間も近野も内田もぴたりと話すことを止めた。歩が目を丸くしていると、晃はつらつらと説明を始めた。屈伸運動を繰り返した後に縄跳びで首を絞め上げていくと、ある種の酩酊状態に陥り、目の前に〝彼岸様〟なる像が現れる。彼岸様は誰の中にも棲むが、概念であるから決まった形を持たず、依代《よりしろ》となる人間の精神に依って像が決まる。大日如来《だいにちにょらい》を見る者もいれば、馬頭《ばとう》観音を見る者もいる。ガネーシャを見る者もいれば、柳のカスの鬼神様を見る者もいる。二頭身のアニメキャラクターを見る者もいた。その彼岸様の神託を復唱し、第三者が紙に

書き記す。晃は珍しく熱く語っていたが、歩はその意味を殆ど汲み取れなかった。首を絞める？　彼岸様が現れる？

窃盗や回転盤とは違い、この遊戯には藤間も近野も内田も、露骨に嫌悪の表情を浮かべた。歩には分からないが、皆には何か嫌な思い出があるらしい。晃は白穂でコンクリートの土埃を払った後に、さっそく花札を並べだした。歩は未だこの遊戯を理解できず、困惑しているうちに、手元には二枚の札が配られていた。故に歩は晃の薬指を見逃した。途端に歩の心音は高鳴り出す。晃の滑らかな薬指の動きは、歩の保険でもあったのだ。

一枚目は松のカスで、二枚目は梅のカスだった。三枚目を引くが、再び松のカスで、合計は四の役無し。歩の鼓動は高鳴り、同時に血の気が引く。晃と藤間は短冊で役が付き、近野は十、内田は八——、このとき、歩は確かに稔の敗北を願った。薄情だとは思うが、よく分からないままに首を絞められるなどご免だ。稔の手札は、蓮華のカスに、梅のカス、つまり役無しドボンだった。

「ようし、屈伸運動だ！　さぁ、屈伸運動だ！」

晃は白穂を放り投げると、稔を日当たりのいいアスファルトへと連れ出した。稔はやはり半笑いを浮かべたまま、額に汗を滲ませて屈伸運動を始めた。稔の半笑いは、恐らくは場の空気を取り繕う為になされている。しかし首を絞められる為に、半笑いで屈伸をする姿はかえって異様だった。その間に、用具入れから晃が縄跳びを持ってくる。それは小学生が使うような、蛍光黄色のビニール縄跳びだった。炎天下に二百は屈伸運動が続けられただろうか、稔は地べたに座り込み、肩で息をしている。その稔の頸《くび》周りに、晃がビニール縄を二周させ、持ち手を手渡す。縄は自らの手で、自身の加減で絞めていくらしい。稔は左右の手を、外側へと開いていく。ビニール縄が稔の頸に絞まるが、明らかに力を加減していることが見てとれた。

「どうだ、彼岸さ達したな？」

稔は無言のままに、恥ずかしさに上気したかのように、顔を赤らめている。力が足りねに違いね、晃はそう洩らすと稔の背後に立ち、縄を自身の手首に一周させて固定し、頸を絞め上げていく。今度は確かに、縄が肉へ食い込む。恥の赤味ではなく、鬱血による紅色が顔面に広がる。首筋には、頸動脈と思われる青黒く太い血管が浮き出る。稔は声にならない喘ぎと呻きを洩らしながら、両手で縄を緩《ゆる》めようとするが、ビニール縄は頸の肉の深い場所まで完全に食い込んでおり、指を入れる隙間がない。顔面は次第に赤黒く変色し、唇からは泡を噴き、頭を左右に激しく振って、乾いたアスファルトの上でバタ足をする。しかし足搔けば足搔くほど、ビニール縄は正確に稔の肉を捉えていく。晃は背後から、再び稔に問う。どうだ、彼岸さ達したな？　彼岸様、降臨されたな？　彼岸様、どったらお告げを述べてらな？

次の瞬間、晃は別の誰かに突き倒されてアスファルトへ横倒しになった。縄は解かれ、稔もまたアスファルトに突っ伏した。稔は四つ這いのまま、全力疾走の直後のように、喘ぎ喘ぎ呼吸を再開している。晃を突き倒したのは藤間だった。藤間は顔をくしゃくしゃにし、悲鳴のような叫び声を上げた。

「馬鹿野郎、ほんとに稔ば殺す気な！」

晃は上半身を起こすと、そのままアスファルトに座り込んだ。首を傾げ、唇を半開きにし、子供の眼で、藤間を不思議そうに見上げていた。

3

嫌な夢を見て、夜更けに目が覚めた。寝間着もシーツもぐっしょりと汗で濡れていた。コンクリートに並べられた黒い二枚の札を捲ると、蓮華のカスに梅のカスが現れる。彼岸様を見る役割は自分に科せられ、蛍光色の縄跳びが手渡される。その黄色いビニール縄が、頸元へと絞まっていく。そういう夢だった。

薄暗い階段を降り、水を飲もうと台所の流しの蛇口を捻った。顔を上げると、台所の窓向こうの網戸を、昆虫が這っていた。窓は磨硝子なので、輪郭の曖昧な影にしか見えない。どうやら棘のある六本脚を動かしており、カブト虫かとも思ったが、磨硝子に角の影は映っていない。一息に水を飲み、流しのステンレスへコップを置くと、昆虫の影はもうサッシの外側へと消えていた。

翌日、給食を食べたのちの五限目に、藤間が体調不良を訴え嘔吐した。藤間は胃腸虚弱なところがあったので、あいつまた腹でもこわしたんずな、と内田が揶揄《やゆ》した。藤間は嘔吐後に、紫色の唇から泡を噴いて痙攣《けいれん》した。とてもただの腹痛には見えない。そして蹲る藤間の姿に、回転盤の際に見た、硫酸を浴びた直後のバッタを想起した。あの硫酸は、未だ晃が手にしたままでいる――？　咄嗟《とっさ》に晃を見る。晃は別段変わらぬ表情で、藤間を見下ろしていた。それが虚偽の顔にも見えた。花札で不正をするときの、あの涼しげな表情にも見えた。

藤間は救急搬送されたが大事には至らず、その日のうちに退院した。翌日には、いつもと変わらぬ顔で登校していた。授業中の突如の異変が、自分の目に過剰に映っただけだろうか。しかしこの後、なぜか歩だけが担任に呼ばれた。室谷先生は近野が瘤を作ったときと同じ、柔らかな口調で、昨日の件でもし何か知っていることがあったら教えてくれないかな、そう述べた。彼岸様を中断させた藤間君に腹を立てた晃君が、クリームシチューに微量の硫酸を混ぜたみたいです――、言葉はできあがっていたが、歩はそれを口にしなかった。辻褄が合うだけで、証拠は何もない。それにもし搬送先で藤間から薬剤が検出されていたならば、市教委にも警察にも連絡が行き、今頃は大騒ぎになっているはずだった。結局この件は、すべてが有耶無《うやむ》耶《や》のままに収束した。

同じ頃、国道沿いの水田に、数匹の鴉《からす》の屍骸が吊されているのを、下校時に見た。麻縄が首に巻かれており、ちょうど首を吊るように鴉は垂れていた。なぜそんなことをしているのか、見当もつかない。その鴉の屍骸を無言で眺めていると、バス停の待合小屋から、腰の曲がった老婆が、杖《つえ》をついて歩いてきた。あの茅葺き屋根の老婆ではなく、知らない老婆だった。老婆は歩の近くまで来ると、手にした杖で鴉の屍骸を差して、

「あれだっきゃからす××ぐり××でかがしッコがわ××てな××だきゃ。」

訛りが強く、殆ど言葉を理解できない。歩は稔と同じ半笑いを浮かべるばかりだった。すると老婆は話すことを止めた。その皺だらけの皮膚の中に収まる、妙に瑞々《みずみず》しい眼球で、こちらをじっと見詰めていた。歩は気味の悪さを覚え、老婆を無視して自転車を走らせた。

その日の夜更け、どこからか響いてくる鼾《いびき》に目を覚ました。鼾は父の部屋ではなく、反対側の、東の窓の外から聞こえてくる。ベッドから身体を起こし、窓の外を覗く。月も星もない闇夜だった。遠く山裾まで、水田が続いている。水田は夜空を映して濃紺に染まり、畦道は闇に沈んでいる。畦道の闇が囲い線になり、長方形の夜が何枚も並んでいる。その夜のどこかから、やはり低い呻りのような鼾が聞こえてくる。結局それが何の音なのか分からない。歩は再び枕に頭をのせたが、長方形の夜は未だ網膜に残っており、また夜の鼾が絶えることもなかった。

翌朝、この鼾が何であったかは判明した。登校時に、水田の稲の葉先を、数匹の蜜蜂が飛び交っているのを見た。なぜ蜜蜂が稲に群がっているのだろう、よく見ると、稲の黄緑色の籾の連なりの中から、無数の白い花糸のようなものが垂れていた。それが本当に花糸ならば、花粉が蓄えられている。歩は日ごと米を食べていながら、米がどのようにできるのかはまるで知らなかった。と、田圃の水の中から、大人の掌ほどありそうな巨大な生物がどさりと畦へ跳ねてきてぎょっとした。その茶色い生物は、白昼の陽光の中で、夜の鼾をかくと、畦の緑を泥で汚しながら遠ざかっていった。

山間に滞留していた熱気は、北東の颪に流れた。その後は過ごしやすい日が続いた。晃がまた何かをやらかすのではないかと危惧していたが、何事もなく日常が過ぎた。少額の金銭を賭けた燕雀は何度か行われた。いつものように稔が敗者になり、ソーダ味のアイスキャンディを買ってくる。歩はコンクリの段に座ってアイスを舐めながら、なぜ、稔が晃の不正を疑わないのか不思議だった。これだけ露骨に勝敗を左右されて、疑念を抱かないのだろうか。と、手にしていた棒から、アイスキャンディの塊が落ち、コンクリートの上で溶けて黒い染みになった。用具入れのトタン壁の中途では、蟬が鳴いては休んでを繰り返していた。もう夏期休暇が近づいていた。

また別の日の放課後、稔の父が営む精肉店に皆で立ち寄った。店舗は商店街からやや外れた場所の三叉路にあった。軒上に〝田渕精肉店〟と記された看板が掲げてある。店先の硝子ケースには、バラやモモや切り落としの赤い肉が並んでいる。そのケースの向こうに、調理白衣を着た女の姿があった。授業参観で見かけた、あの陽に灼けた稔の母親だった。牛肉コロッケを人数分頼む。女はきびきびとした動作で、紙袋にコロッケを詰めていく。店奥の調理場では、ビニール前掛けをして、黒い長靴を履いた、陽に灼けた中年の男が、スライサーで肉の塊を切り分けていた。

店先の縁石に座って、皆でコロッケを食べた。確かに旨いコロッケだった。潰したジャガイモに、粗めに挽《ひ》いた牛肉がたっぷり混ざっている。黒胡椒がよくきいており、仄かにバターの香りもする。あいかわらず稔の家のコロッケはうめぇな、晃が言い、稔は恥ずかしそうに笑った。しかしそれは、燕雀によって晃が稔に買わせたコロッケでもあった。三叉路の分岐点には、杉の電信柱がある。その電信柱の中途では、斑模様のカミキリ虫が、どうしたわけか右往左往していた。

七月半ば、一学期最後の行事でもある、校外学習が行われた。第三から南へ数キ口の場所にある、多目的ダムを訪れた。移動はバスではなく、ワゴン車だった。一台は室谷先生、一台は矢中先生、一台は校長先生が運転をした。晃と歩を先頭にして、十三人の生徒がダムの見学順路を進んでいく。近野と内田がダムの模型に夢中になり、列を乱したので、歩が注意する。すると二人は、慌てて列へと戻ってくる。管理職員が簡単な説明を加えていく。

このダムは昭和六十三年に竣工し、県内では最大規模の多目的ダムで、貯水量は五千万リューベを超えます、津軽地方の農業用水や水道用水に活用されています。職員のそんな説明の最中、藤間が小声で、なお建設に伴い集落が二つほど沈みました、などとニヤけた顔で付け加えた。その後、学級の列は、堤体内の監査廊へと進んだ。坑道にも似た薄暗い通路で、空気はひやりと冷たい。

「水の底さ沈んだ村は、幸せだね。」

隣を進む晃が言う。歩が首を傾げていると、

「国庫の補償金ば、たんまし貰ったらしいじゃねか。なんなら俺達の村も、ダムの底さ沈めて欲しいけな。」

「でも君達の大事な故郷だろう。」

「銭湯と燃料店と、田圃と畑と林檎園しかね、大事な故郷ね。」

晃がどこまで本気で口にしているのか、歩には判断し兼ねた。と、近野と内田が通路脇の水槽に夢中になり、また列を乱しているので注意する。やはり二人は、慌てて列へと戻ってくる。

最後に戸外へと出て、皆で堤頂を見学した。職員が言う貯水量五千万リューベを超える巨大なダム湖を、一望にできる。ダム湖を囲む夏の山々は鮮やかな緑に覆われ、緑の巨大な影が水面にも映っている。歩はその揺らめく水面の山々を眺めるうちに、ダムの底に沈んだという集落を想像した。あの老婆の住むような、何軒もの茅葺き屋根の民家が、そのままの形で水の底に残っている、そんなありもしない光景を思い描いた。

水面の山々の稜線を、小さな影が横切っていった。顔を上げると、ダム湖上空の青空の中を、一羽の白い野鳥が飛んでいた。その白い野鳥は、山裾に辿り着く頃には再び影になり、やがて深い緑の中へと消えた。

七月二十日――、第三は終業式を迎えた。式で校長はウォルト・ディズニーを引き合いに出し、夢を持つことの大切さを語った。第三が廃校になることにも触れ、この学校は六十余年の歴史に幕を閉じますが、ここから巣立っていく皆さんは先生からすると夢の芽です――、校長が熱っぽく語る中、晃は隣で眠そうに欠伸《あくび》をしていた。式の中途で、稔が表彰された。なんでも春の歯科検診の際に、稔は虫歯が一本もなく、また歯並びも優れており、学校歯科医会に選出され賞を貰ったという。稔は照れくさそうに笑い、校長から表彰状を受け取った。歩にはすでに、永久歯にも数本の虫歯がある。洗面台の前で、毎日丹念に歯を磨いている稔の姿を、ふいと想像した。

式後に、教室で通知表が配られた。歩の通知表には、四が多く並び、〝生活の記録〟欄には沢山のプラスが記されていた。歩は〝公正・公平〟の欄にいつもプラスを貰っており、それはこの中学でも同じだった。――四月から加わった新しい仲間ですが、上手く学級に溶け込むことができて先生も安心しました。その優れた協調性は、社会に出てからも役立つでしょう。学習意欲は高く、全教科において優れています。副委員長としての仕事も、責任を持って果たすことができました。ただ少し引っ込み思案なところがあるので、二学期は自信を持って、より積極的に学級活動に携わってみましょう。

課題のプリントやワークが配られ、午には放課となった。七月末に市街地で祭りがあるので、その頃に遊ぼうという約束をして、皆と別れた。正門近くでは、室谷先生と矢中先生が、生徒の見送りをしていた。この際に歩は室谷先生に話しかけられた。晃とはうまくいってるかい？　歩はその質問の意図が分からなかった。うまくいっていることとは、先生自身が通知表に記したことだった。そしてなぜ〝皆〟ではなく〝晃〟と限定したのだろう。ふと昨年この学校で起きた一件を思い出す。室谷先生は、晃と晃の母親と一緒に、稔の家で頭を下げた一人だった。

「ちょっとやんちゃなところがあるけれど、晃君はこの学校では一番の友達です。」歩はそう言ってみる。すると室谷先生に、頭を乱雑に撫でられた。歩が真顔で乱れた頭髪を直していると、今度は先生に、脇腹の辺りにふざけて突きを入れられた。それで歩にも、ようやく笑みが溢れた。その光景を隣で見ていた矢中先生は、お、スパイ同士で仲間割れしてら、と笑っていた。

夏休みに入ると、学校の課題を進めつつ、受験勉強に取りかかった。第三の多くの生徒が地元の商業高校に進学するが、歩は埼玉の公立高校を受験する予定だった。勉強に疲れると、窓の外を眺めた。東側から景色を辿っていくと、途中、あの畑の跡地が見える。霜と枯葉だらけだったその場所は、今では緑の草原になっている。蕪の葉は姿を消したが、来春には再びあの菜の花に似た花を咲かせるのかもしれない。畑の跡地を過ぎると、杉木立が見え、最後に斜向かいの納屋に行き着く。

納屋は母が少しずつ片付けをして、今では人も住めそうなほど整頓されていた。ときに納屋の二階の窓向こうに、午睡する母の姿を見つける。母は冷房が苦手で、そして納屋は夏場でも涼しい。窓枠の形に切り取られた日向の中で、母は座布団を枕に横寝をしている。父が電話口に聞いた、親戚の言葉を思い出す。母に納屋で昼寝をして貰って、他界した老夫婦も喜んでいるかもしれない。してみると、納屋も喜んでいるように見えた。納屋を支える杉柱の不規則な形の木目が、陽光の中に笑顔を滲ませているように見えた。

気分転換に、田圃に沿って散歩をすることもあった。田圃の左手は黒森山の山裾に繋がっている。正式な地名なのか、村人が勝手にそう呼んでいるのかは知らないが、黒森山とは言いえて妙だと思った。山は集落の北西に位置し、地形の関係なのか、太陽が傾く頃にいち早く闇に浸され、巨大な黒い影になる。影は集落を見下ろすように聳え、確かに黒い、森の、山だった。

黄昏どきに畦道を歩いていると、時折、黒森山の方角から、色付いたような生ぬるい風が吹いてくる。頬や、頸筋や、半袖から伸びる腕が、その夕風の色に染められていく気がする。素肌がざわめくような、胸が騒ぐような、それでいて心地よいような、妙な気持ちになる。茜色の山間や、畦の夏虫や蛙の音や、土や泥の匂いが、そう錯覚させる。あるいは自分が部外者だから、風が含む何かに敏感なのかもしれない。この土地の人々には、風が色彩を帯びることは当然なのかもしれない。

その風に〝雀色《すずめ》の風〟と名前を付けてみる。すると風にいくらか親しみを覚えた。雀色の風というのは、歩の体感にぴったりくる。その言葉が辞書に載っていてもいい気がした。勉強の合間、何気なく国語辞典を引いてみると〝雀色時〟という単語を見つけた。夕暮れ時のことを指すという。その言葉がいつの時代に生まれたのかは知らないが、逢ったことも話したこともない昔の人が、夕暮れ時の色を見て、自分と同じようなことを感じ、自分と同じように言葉にしたことが不思議だった。

雀色の風の日には、決まって黒い影が、家の前庭を不規則な動きで飛んでいた。影の形からして、それが蝙蝠《コウモリ》であると分かる。影は二階ほどの高さの場所を飛んでいるが、ときに頭のすぐ上、手を伸ばせば届きそうな場所にまで降りてきて、思わず身体を屈める。蝙蝠は殆ど目が見えていないと聞く。何かの手違いで、ぶつかってきやしないだろうか――、蝙蝠は暫く頭上を飛び回った末に、納屋を越えて黒森山の方角へと消えていく。

ある日の午後、やはり畦道を散策していると、水田の途中に、土の盛り上がった一帯を見つけた。緑の夏草が茂り、小さな丘になっている。自然にそうなったにしては不自然だし、その場所も耕して畑やら田圃にできそうなものだった。その緑の丘を眺めていると、水田の中で雑草取りをしていた農夫が、その辺は昔からある円塚だね、と教えてくれた。確かに丘の麓には、夏草に埋もれるようにして、小さな石柱が建っていた。よく見ると石柱には、碑文と年号が刻んである。農夫は両手が泥で汚れているので、二の腕辺りで額の汗を拭うと、その辺はたまに言葉漂ってらはんで、気ぃつけ、と言う。歩が首を傾げていると、

「塚やら辻やら橋やらに漂ってら言葉さ、耳、傾けたらまいね。そったら言葉は、人さ作用すはんで。」

歩には意味が分からなかったが、少し考えた後に、

「それは言葉のお化けみたいなものですか？」

すると農夫は目を丸くした後に、かみの子は賢いねぇ、と笑った。

七月末、市街地で祭りがあった。誰からも連絡はなかった。歩は二階の自室で、三時間かけて各教科の過去問を解いていた。出来は良かったが、妙な疲労を覚えて一階へ降りた。仏間で大の字になり、藺草《いぐさ》の香りの中にうたた寝をした。目が覚めると、母が置いていったらしい首振り扇風機の風があった。遠くで油蟬が鳴いてい

る。庭の向こうの、夏草の斜面を半目で眺めるうちに、再び眠りに落ちた。その日の夕刻、帰宅後の父に、市街地の祭りに誘われた。家で勉強をしていると言ったが、なぜか母に半ば強引に連れ出され、結局は一家三人で市街地を訪れた。

市街地はすでに音で溢れていた。ヤーレヤーレという掛声、野太い和太鼓の音、鉦《かね》の金物の響き、篠笛の旋律――、やがて夕闇の中に山車《だし》が現れ、その台上には、和紙で作った巨大な武者人形が載っている。内部に電球が吊してあるのか、武者人形は薄闇の中、眩い黄金色に発光していた。その武者人形が通り過ぎると、また違う形の武者人形が現れ、再び周囲が音で溢れる。祭りの参加者には、歩より年下の子供の姿もある。浴衣にたすきを掛けた子供達は、小さな手に団扇を持って、踊るように練り歩いていた。どの土地にも見た、五穀豊穣を願ったものだろうと思ったが、父は、この祭りは眠り流しが起源だと言った。

「眠り流し？」

「北地でも夏は暑いだろう。すると村人は夏バテして、寝不足になる。眠いはこっちの言葉で〝ねんぷて〟とか〝ねぷて〟と言うだろう。眠気を払う為に祭りを始めたわけさ。」

父は得意げに語ったが、新しい職場で聞き囓《かじ》った適当な知識かもしれない。見物客の中には地元住民の他に、観光客や、外国人の姿もあった。第三の生徒も何人か来ているはずだが、人混みの中に誰を見つけることもできなかった。

途中で歩は父に、かき氷を買って貰った。一方で母は父に、杏子飴《あんず》を買って貰っていた。その杏子飴を舐めながら、母は父の隣を、少し遅れ気味に歩いている。父はときに振り返りながら、母の実家の話をしていた。母の実家の田舎町も、少しこの土地の風土と似ている。母は高校を卒業した後に上京して商社に勤め、二十歳を前に父と職場結婚をした。その父は、両親と仲が悪く高校を中退して上京するが、結局は数年後に実家へ帰り、大検を取得し、大学進学の際に再び上京して、卒業後に商社の職に就いた。何度か聞いたことのあるその話の途中で、父は歩を見下ろして、

「しかし俺が十五歳の頃は、我ながら酷い反抗期だったけど、歩には殆どこないよなぁ。」

「今は半数の子供にしか反抗期はこないって、前の学校の先生が言っていたよ。反抗期がくる子供は、年々減っているんだって。」

「へぇ、じゃあ反抗期って言葉も、そのうち死語になるんかねぇ。」

母が金魚掬《すく》いをしたいと言うので、再び夜店に立ち寄った。母の最中《モナカ》はすぐ破れ

たが、歩は紅白の金魚を三匹掬った。露店の親父はさっそく金魚を入れるビニール袋の準備をしたが、持ち帰ってもすぐ死んでしまうと思い、桶へ返して貰った。三匹の金魚は朱い尾鰭を揺らめかせて水中を泳いでいき、すぐに他の金魚と見分けがつかなくなった。

八月六日、歩は十五歳の誕生日を迎えた。父からはクオーツの腕時計を買って貰った。父は出勤前に、スーツに着替え、ネクタイを締め、最後に左手首に、銀色のクオーツの腕時計をつける。腕時計が欲しいというより、腕時計をつける行為がしてみたかった。母には紅茶のシフォンケーキを作って貰った。生クリームとブルーベリージャムが添えられたそのケーキが、歩は子供の頃から好きだったのだが、中学に上がると、なぜか母は手作りの菓子を作らなくなった。それで母に、あゆは誕生日に何が欲しい、と訊かれたとき、紅茶のシフォンケーキが食べたい、と言ってみた。すると母は目を丸くした後に、一人でこっくり頷きながら、なぜか台所へと消えていった。

いつか老婆に適当に口にした言葉ではないが、十五歳はもう子供ではないと思った。社会で習ったが、昔ならば元服して成人していてもおかしくはない。父と同じように左手首にクォーツの腕時計をつけてみると、事実、自分が大人の仲間入りをした気分になった。しかし姿見鏡には、どう見ても少年としか呼べない、華奢で幼顔の自分の姿が映る。自身の頭髪を摘まんでみて、少し髪が伸びすぎているから、幼く見えるのかもしれないと思った。

盆休みを前に、数ヶ月ぶりに床屋を訪れた。自転車で三十分の場所に、昭和三十年から営業している床屋がある。二階家の一階部分に〝小林理容室〟と記された錆びた看板があり、店先にはあの赤白青の電飾が立っている。入口の硝子戸を開けると、狭い待合に置かれた革のソファーに、稔の姿があった。三学年の六人の男子は、皆がこの床屋に通うのだ。

歩はやや距離を置いて、稔と同じソファーに腰を下ろした。相変わらず、稔とは殆ど話したことがない。しかし狭い待合ソファーに二人きりなので、何か話さないわけにはいかない。前の客の散髪の様子を覗《うかが》う。口髭を生やした店主の理容師が、客である中年男性の頭の周囲で、頻《しき》りに鋏を動かしている。まだ時間が掛かりそうだ。

「稔もいつもこの床屋を使ってるの？」

「うん。」

「夏の宿題は進んでいる？」

「うん。」

「受験勉強はしている？」

「なんも。」

自分がせっかく話題を振っているのに、素っ気ない返事しかないので、歩は話すことを止めた。元々、彼は半笑いを浮かべるばかりで、口数が少ないのだ。硝子テーブルには小さな籠が置いてあり、ミルク味の飴が入っている。稔はその飴を、口の中で転がしていた。歩は再度、客の散髪の具合を確認する。仰向けの客の顔には、白い蒸しタオルが載せられていた。その隣で、店主は顔剃り用の粉石鹸をブラシで泡立てている。

「あのフォールディング・ナイフのことなんだばって。」

「え？」

「所有権はなにあるばって、盗んだのはわだはんで。わの手柄でもあると思うんず。だはんであのナイフ、残りの半年間、わに所有させてくれね？」

彼が何の話をしているのか分からなかった。記憶を辿って、ようやく春の、あの窃盗をした日のことを話しているのだと分かった。あのナイフは一度も手をつけることなく、部屋の抽斗の奥にある。歩にしてみれば、刃物など所有していたくないし、父母にでも見つかれば面倒なことになる。稔の申し出はむしろ有り難い。稔は口の中で飴を転がしながら、頻りに指先で額を撫でていた。店内にあまり冷房は効いておらず、その額には細かな汗の玉がふつふつと噴いていた。斜めに伸びた白い傷の周りにも、汗の玉が噴いていた。稔の口腔内で、ミルク味の飴が虫歯のない歯に当たり、こちこちと響く。歩はなぜか苛立ちを覚えた。

「悪いけれど、君は燕雀に負けて窃盗をし、僕は燕雀に勝って所有権を得たわけだから。あの刃物は正当な理由で僕の物になったのだから、君に渡すわけにはいかないよ。」

するとと稔は八の字の眉をやや持ち上げ、瞳を丸くした。その瞳を落ち着きなく左右へ動かした後に、俯いて、完全に押し黙ってしまった。その仕草を見て、何か悪いことをした気もするが、しかし間違ったことは言っていない。不正によって得た刃物かもしれないが、不正をしたのは晃だし、だとしたら刃物を自分に所有させたのも晃だ。そして晃が稔に所有させなかった刃物を、稔が欲しがるというのも、どこか気になる。面倒はご免だ。自分は残り少ない中学生活を平穏に過ごし、何事もなくこの土地から離れていきたい。高校に入学して半年もすれば、どうせ彼らも渡り鳥のことなど忘れてしまうのだ。

店主は細かく鋏を動かし、前の客の仕上げをしている。歩もミルク味の飴を口へ放り、舌の上で転がした。やはり言い過ぎた気もして、それとなくまた話題を振った。

「君の家はずっと町で精肉店をやっているの?」

稔はようやく顔を持ち上げると、

「祖父が戦後創業して、それば父が継いだんず。きっとこれからも続いていくんだべな。」

「僕は一つの土地に留まったことがないから、そういう生活は羨ましいな。」

「歩君は、春にまた引っ越すんず?」

「たぶんね。」

「んだが、寂しくなるね。」

歩はもう少し言葉を続けようとしたが、前の客がドア鐘を響かせ戸外へ出て行き、稔の名前が呼ばれた。稔はソファーから立ち上がり、理容椅子へと向かった。歩はミルク味の飴を舌の上で溶かしながら、考えていた。稔からしてみれば、自分は暴力も振るわず、嘲笑もしない、唯一、対等に話せる級友だったのかもしれない、そして自分は、これまで稔に対して、どこか素っ気なく接していた。ソファーの背もたれに身体を埋めると、理容椅子の前の鏡が見えた。鏡にはナイロン布を頸に巻いた稔の姿が、やや翳るように映っていた。

明くる日の午後、川沿いの公衆銭湯を訪れた。この所、散歩と銭湯が、殆ど日課になっていた。この土地へくるまで、散歩や銭湯に興味はなかったが、身体をゆっくり動かすというのも、広い湯にのんびり浸かるというのも、中々に気持ちいいものだった。無人銭湯なので、湯銭を払わずとも誰に咎められることもないが、母は律儀《りちぎ》に、毎回、二百円を歩に渡した。百円多いのは、珈琲牛乳代だった。

銭湯からの帰路、再び茅葺き屋根の老婆に摑まった。またおやつがあるから食べていきなさいと言う。囲炉裏の前に座ると、老婆は火箸を灰の中へ突っ込んだ。灰の中からは、丸くて平らなパンのような物が出てきた。灰を落として頬ばると、生地の中には野沢菜と肉味噌が入っていた。空腹だったので、瞬く間に平らげてしまった。

老婆は竹筒から湯呑みへ甘酒を注ぐ。甘酒を呑むと、やはり酔った気分になる。老婆は再び火箸を灰へ突っ込み、新たな丸くて平らなパンを取り出す。灰を落として頬ばると、今度は甘いカスタードが入っていた。老婆はふいと窓の外へ視線を移した後に、空気の流れを読むように虚空を見詰め、それから火箸で炭を調整しつつ、

「今年は豊作になりそうだっきゃね、んだども、あんまり豊作になり過ぎて、ろくあしさ嗅ぎつけられねばいいんだばって。」

「ろくあし？」

カスタードパンを片手に訊き返すと、老婆はろくあしについて語った。訛りで聞き取れない部分もあったが、およそ次のようなことだった。

数百年前、大豊作の年の収穫期に、黒森山を越えて大量の緑色の昆虫が飛来した。見かけはバッタだが、しかしバッタが長距離を飛行できるはずがない。形態も幾分違う。暗緑色で、頭部と翅が大きく、後脚は短い。つまりバッタのような形をした、バッタではない、暗い、緑の、蟲《むし》だった。その夥《おびただ》しい蟲の黒い影に、日が翳る程であった。村人総出で駆除に向かったが、人の手でどうにかできる数ではない。人の手でどうにかできる生物にも見えない。蟲は収穫前の稲を貪り喰い、野菜を貪り喰い、家畜の鶏を喰い、障子の紙まで喰った。人の子まで喰ったという話だった。飢餓により、その年に集落は何人もの死者を出した。このときの墓が、集落西側の田の外れにある。皆は〝とらんぼ塚〟と呼んでいる。ろくあしは暗語で、蟲の本当の

名前ではない。名前を口にすると、言葉が力を持ち、その蟲を呼び寄せるとされた。やがて蟲の名前は、この村の禁忌になった。歩は老婆の話を聞きながら、これは教師の雑談で聞いた、おとぎ話と同じ類だろうと思った。

「以来、小舟は舟に、灯籠は帆柱に。」

「はい？」

「まがことば焼いて、村の外さ流すじゃ。」

茅葺き屋根の家から出ると、もう日は落ちかけていた。黒森山は、黒い森の山と化し、漆黒の影が聳えていた。夜はそちら側から始まるのだ。と、雀色の風の中に、仄かに香の匂いが混じっていることに気づく。河へと続く家並みの、あちこちの門口で麻幹《おがら》が焚かれていた。遠くから見ると、それは日没後の薄闇の中に、消えゆく幾つもの蠟燭の灯火に映った。

ぼんさんぼんさん、いらっしゃい、あがってだぐっこ呑んでけぇ。ぼんさんぼんさん、いらっしゃい、あがってらくがん喰ってけぇ。どこからともなく響いてくる、民謡のような抑揚のついたその声を聞きながら、自宅へと続く坂道を登った。自分の足音が、先程までと少し違って響いてくる気がした。やがて坂の上に、自宅玄関の明かりが見えてくる。玄関先に吊された裸電球の周りでは、火取虫が忙しなくはためいていた。

明くる日より、父の会社も盆休みに入った。せっかくの連休だから隣県の遊園地にでも行こうと父は言ったが、どこも混んでいるから、と歩は断った。どうもこの父は、受験生の夏を分かっていない。一方で母は、納屋で羽子板《はご》を見つけたから羽根《はね》つきをやろうなどと言う。前庭でできることなので、羽根つきには付き合うことにした。こんこんと心地よい響きで、陽光の中を左右に羽子が飛び交う。正月の遊戯を、盆にやるのも変なものだと思った。

最後に揚羽根をしようと、母は言った。一人で羽子を何回打ち上げられるか、競うものだという。そういうのは得意だと、最初に父が挑戦したが、何度目かに前方へ跳ねた羽子を無理に拾おうとして腰を痛めた。父は渋い顔をしながら、腰をとんとん叩きつつ、縁側へ座った。次に母が挑戦した。母は羽子を打つ度に、薄闇の坂道で聞いた声にも似た、抑揚のついた掛声を洩らしていた。

――ひっとりでふったつ、みったまはおちぬ、よってはなして、いーまはむかし、ななふしでるじゃ、やまたもでるじゃ、ここーのあさせを、とおりゃんせ。母の言葉を、もう一度頭の中で辿ってみて、それが数え唄だと分かった。やはり何度目かに羽子が前方へと跳ね、それを無理に拾おうと羽子を強く打ち返す。羽子は上空へ高く舞い上がった後に、放物線を描いて西へ流れ、納屋の隣の、杉の葉の中に埋もれた。母と歩は羽子の消えた場所を見上げて、

「落ちてこないね。」

暫く待ってみたが、羽子は落ちてこない。歩が二三、小石を放ってみたが、落ちてくるのは自分が投げた小石だけだった。梢と梢の隙間に、嵌まったのかもしれない。その様子を縁側で見ていた父は、行きはよいよい帰りはこわい、などと洩らしつつ、後ろ手で腰を叩きながら、居室へと戻った。母と歩はもう少し杉の枝葉を見上げていたが、結局は諦めて家へと戻った。

その後、父は居室で横になるうちに鼾をかいていた。汗をかいた歩は、坂を降りて公衆銭湯へ向かった。盆休みにもかかわらず、銭湯に客の姿はなく、浴場には湯口から落ちる湯の音だけが響いていた。さほど広くない浴槽で、けのびなどして遊んだ。と、硝子戸を開けて新たな客が入ってきたので、慌てて湯の底に尻をつけた。

「なんだ、歩も来てたが。」

新たな客は晃だった。小さなタオル一枚を手にし、当たり前だが、裸だった。晃

は、少年から青年へと移り変わる、その中途の躰付きをしていた。骨格が成長し、胸板は厚みを増し、必要な場所に、必要な筋肉がついている。それは十五歳の男子の、正しい肉体に見えた。歩は途端に自分の貧相な身体が恥ずかしくなり、肩まで湯船に浸かった。晃はその歩のすぐ隣に腰を下ろす。二人とも無言だった。湯の音ばかりが響く。考えてみれば、いつも集団で行動していたので、こうして二人きりになるのは、始業式の日以来かもしれない。

「市街地の祭りには行ったの？」

「なんも、紙の人形なんて見ても詰まんねぇしな。ここの習わしは見にくんだろ？」

「ここの習わし？」

「なんだおめ、なんも知らね奴だな。」

その言葉が癪に障った。物知りだとか、博学だとか言われることはよくあるが、無知と言われたのは初めてだった。湯船から出ようと思ったが、自分の貧相な裸体を晒すことも癪だった。晃は湯面を指先で弾きながら、河へ火を流す、と話し始めた。急流の中を、集落の若衆が三艘の葦船を引いていく。葦船の帆柱には、火が灯されている。危険な作業ゆえに晴舞台でもある。親王と豪族一族が共に津軽へと落ち延び、黒森山を越えてこの土地に住み着き、やがては集落になった。習わしはその頃から、六百年以上続いている。つまりやこの土地の人間は、野良仕事ばかりしてらばって、実は由緒ある血筋なんずや——、晃はそんなことを語ったが、歩の耳には殆ど入っていなかった。

と、新しい客が硝子戸を開けて浴室へと入ってきた。五歳前後の男児だった。彼は歩と晃とを見た後に、覚束ない足取りで浴槽へやってきた。桶で足を流した後に、晃の横へ座った。それで、歩、晃、男児と横並びで湯船に浸かる形になった。湯気の向こうに見える晃と男児の横顔に、歩は授業参観の日に見た、あの色の白い晃の母親の姿を想起した。

男児はのぼせたのか、すぐに湯から上がり、洗い場で石鹼を泡立て始めた。男児の身体は、指先から爪先まで脂肪で膨れてふっくらとしている。洗髪を始めるが、頭頂部ばかり泡立っており、後頭部はまるで洗えていない。晃は湯船から上がり、男児の隣に座ると、掌でシャンプーを泡立てる。男児の額の上や、耳の裏や、後頭部を洗ってやる。歩からは、丁度その光景が真正面に見えた。なぜか分からないが、歩は湯の中で頻りに内股を揉んでいた。

晃が泡を流してやると、男児はふるふると全身を左右に揺すった。男児がその丸い瞳で、晃を見上げる。何か一言二言話した後に、男児は硝子戸を開けて浴室から出て行った。その後に晃も手早く身体と頭を洗い、浴室を出た。歩は湯船から上がると、のぼせたのか軽い眩暈を覚えた。

身体を洗って浴室を出ると、脱衣所では晃が籐椅子に座って扇風機の風を浴びながら、牛乳を呑んでいた。男児の姿はもうない。女湯にきていた母親と帰ったのかもしれない。着衣後に、歩も珈琲牛乳を呑んだ。それから戸外へと出て、二人は川沿いの道を歩いた。それは歩の家とは反対方向だったが、のぼせた頭を冷やすには丁度良かった。河の水は、春に見たときより随分と速く流れていた。巨大な岩の間を縫うようにして、白い飛沫をあげながら水は流れていく。対岸の山の斜面には夏草が鬱蒼とした茂みを作り、灌木も高木も枝葉を伸ばし、緑の堆積が連なり、一つの山を形作っていた。

二人は川沿いの道を、村外れまで歩いた。橋架の途中で足を止め、欄干から河の上流を眺めながら、他愛のない話をした。それは例えば、好きな漫画の話であったり、好きな音楽の話であったり、好きな芸能人の話であったりした。でも深田恭子はめんこいと思う、と晃が口にしたときには思わず笑みが溢れた。友達同士で交わす普通の会話を、もう何年もしていない気がした。だからかもしれない。あるいは風呂上がりの開放感の為かもしれない。欄干に頬杖をついている晃に尋ねた。

「二年生のときに、君が稔に暴行したという話を聞いたけど。」

「藤間が口でも滑らせたが？」

「クラスの女子に。」

「ふうん、別に隠してらわけじゃねぇしな。確かに暴行ばして、だげだことさなった。」

「なぜそんなことを？」

「稔さ侮辱されて、俺の人権、侵害されたはんでな。一度ならず、三度もな。」

「稔がそんなことを？」

「稔さ売店でコーラ買ってこいって命令したっきゃ、嫌だと答えたんだね。だから平手で打った。それでも従わねはんで、拳で殴った。それでも従わねはんで、鉄鋼でガツンさ。」

晃は平然と述べたが、歩には意味が分からなかった。むしろ人権を侵害されているのは、稔のほうだとしか思えない。晃は欄干から両手を放り出してぶらぶらとさせていたが、あるとき顔を上げて、

「もう準備してらぁ。」

村人が梯子を使って、川沿いの電柱から電柱へと提灯を括《くく》り付けていた。

帰路、二人は橋の親柱の近くに刺さっていた橡《とち》の木杭に、蟬の幼虫を見つけた。幼虫は羽化《うか》を始めたところだった。幼虫の褐色の全身が収斂と膨張を繰り返し、やがて背が一文字に裂け、内側から蛍光色の成虫が、服を脱ぐように迫り出してくる。二人は足を止め、蟬を覗き込むように屈み込み、少年の眼でその一瞬を見ようとした。七年間を地中で過ごし、地上へと現れ、成虫へ羽化する、その一瞬だった。やがて成虫の内側から、エメラルド色の柔らかな薄翅が捲れ上がる。その二枚の薄翅を広げようというところで、成虫は動きを止めた。ある瞬間に、蟬はその薄翅を、ぱっと花咲くように広げるだろう。歩はその一瞬を見逃さない為に、まばたきすら惜しんだ。しかしどうしたわけか、成虫は殻から半身を覗かせた状態で、一向に動かない。拍動していた胴体も、事切れるように最後の一打ちをすると、完全に停止した。二人はその後も長い間、蟬が翅を開く刹那を待っていた。二つの小豆《あずき》色の複眼が、もう何も見ていないことを、歩は理解した。

隣を見ると、晃はもう少年の眼をしていなかった。眉根を寄せ、唇を固く結び、その切れ長の目の中の瞳には、暗い陰りと火の熱が同時に宿っていた。晃は右手で蟬を杭から引き剝がすと、橋を一人で歩いていった。そして橋の中央に達すると、欄干の向こうへ右手を伸ばし、掌を開いた。

蝉は、歩の立つ位置からは、妙にゆっくりと落ちていくように見えた。途中でふっと舞い上がるのではないかと思うほどだった。やがてその幼虫とも成虫とも言えぬ生物の屍骸は、僅かな飛沫と波紋を残して、河面の向こう側へと消えた。

*

茅葺き屋根の民家の軒先で、老婆が皿に盛った麻幹を焼いていた。午前の眩い陽光の中に、焰が揺らめいている。近くに野菜の置物がある。胡瓜の馬や、茄子の牛は、他の土地でも見たので、歩も意味を知っていた。もう盆明けであるから、皿の炎は、送り火かもしれない。しかし普通は日暮れに焚くものではないだろうか、前々から思っていたが、あの老婆は少しぼけているのかもしれない。麻幹は火に焼かれて縮むように炭になり、揺らめく炎からは、揺らめく白煙が立ち上り、辺りにはやはり香に似た匂いが漂う。その白昼の送り火を横目にしながら、杉木立の坂を登った。

坂の途中に母の姿があった。老婆に井戸で冷やした西瓜《すいか》を貰ったという。母は西瓜が好きではない。野菜なのか果物なのか分からない味が苦手だという。それでも母は赤子でも抱くように、両腕でその西瓜を抱えていた。自宅に着くなり、さっそく西瓜を割った。父は買物へ出ていて不在だった。歩は縁側に座り、軽く塩を振って西瓜を齧った。よく冷えた、瑞々しい西瓜だった。種はそのまま、庭先へと吐いた。果汁と唾液に濡れた黒い粒が、緑草の中で陽光を浴びていた。

西瓜の皮を片手に居間へ上がろうとしたとき、バタバタと翅音を響かせて、頭上を蟬が過ぎていった。蟬は暫く室内を右往左往した後に、網戸へと留まり、その場所でけたたましく鳴き始めた。蟬はそこが、網戸の内側だと理解していない。昆虫が苦手な歩は、蟬を放って置いた。戸外では、母がアルミの柄杓を片手に打ち水をしていた。その柄杓は、ブリキのバケツと一緒に納屋から見つけてきた。軒先のコンクリートを濡らした水はすぐに蒸発したが、一向に涼しくはならない。

居間へ上がった母が、家の中で鳴いている蟬に気づく。一通り鳴き終えたところで、母は蟬をむんずと摑み、網戸を開けて外へと放った。

「こんなところで鳴いてないで、雌蟬のところに行きなさい。」

蟬は挨拶のような、ジジ、という鳴き声を洩らした後に、陽光の中を飛び立っていった。

正午を過ぎた頃に電話が鳴った。家族でそうめんを食べている最中だった。電話に出た父が、晃君って子だけど、と告げる。歩は慌ててそうめんを飲み下して、受話器を口元へ当てた。皆で市街地のカラオケに行くから一緒にこないか、との話だった。歩が戸惑い気味に電話の内容を家族に告げると、お小遣いならあげるからいってらっしゃいよ、母は明るい声で答えた。

歩はこれまでにカラオケなど行ったことがない。待ち合わせまで少し時間があったので、自室で自分の数少ないCDを聴き、歌詞を見ながら唄の練習をした。余りに音痴だと恥ずかしい。そして晃や稔が、マイクを持って流行の歌謡曲を唄う姿を想像して、思わず笑みが溢れた。

一時過ぎに家を出て、自転車で待ち合わせ場所の小学校へと向かった。その小学校は村落西側の、国道と河の交差する辺りにあり、晃達の母校でもあるが、今では廃校になっている。国道は緩い下り坂なので、ペダルを漕がずに自転車を辷《すべ》らせた。車の往来はなく、歩行者の姿もない。右手には山の尾根が連なり、方々から油蟬の鳴き声が響いてくる。

左手の田圃は、いつか歩が想像したように、撓わに実った稲穂が頭を垂れ、黄金色の草原になっていた。もういつ収穫を迎えてもよさそうに見えた。その広大な黄金色の中途に、麦わら帽子を被り、首に白タオルを掛けた農夫の姿があった。ぽつりと一人だけ、無言のままに草取りをしていた。農夫の姿が後方へ流れていくと、歩は再びペダルを漕いだ。思いの外、自分の胸が高鳴っていることに気づいた。

国道を外れ、傾斜道を降りていくと、やがて二階建ての木造校舎が見えてくる。待ち合わせ場所である校舎裏の駐車場には、すでに藤間と近野と内田の姿があった。私服姿の彼らを見るのは初めてだった。藤間はギンガムチェックの派手な色の開襟シャツを着ており、近野はロゴ入りのヤンキースの野球帽を被っている。内田に至っては、自分で切ったようなデニムの半ズボンを穿いていた。三人の格好を見て、また笑みが溢れそうになった。と、そこで、校舎の軒下の日陰の中に、作業着姿の、見知らぬ男が座っていることに気づいた。

未だ自転車に跨がったままの歩のもとへ、男はゆっくりと近づいてくる。その途中で、口に咥《くわ》えていた短い煙草を放った。煙草はアスファルトの上で、一瞬の赤い火花を散らした。藤間達は、無言でその場に立ち尽くしている。晃と稔の姿はない。

作業着姿の男が目の前にまで来ると、煙草と塗料用シンナーの混じった匂いが鼻を突いた。

「なんだおめ、見かけねぇ顔だな。」

「東京から、越してきたばかりなんです。」

「かみから？　島流しされたんだが？」

男は唇を歪め、新しい煙草へ火を灯した。これで全員な？　藤間に尋ねる。藤間が上ずった声で、そうですと答える。そして作業着の男を先頭に、隊列を組むようにして、河へと移動を始めた。あの蟬の脱皮を見た木杭を過ぎ、橋架を渡る。欄干の黒い鉄柱が、陽光を鋭く弾いている。円塚近くの水田に見た、農夫の助言をふと思い出す。しかし橋に言葉など漂ってはいない。ただ黄色い陽光が、ギラギラと瞳を射るだけだった。その陽光から顔を背けると、欄干の向こうに、河に沿って続く茜色の提灯が見えた。

4

橋架を越え、辻を折れ、黒い森の中を百メートルは歩いた頃、前方に眩い光が見えた。その光の中で、大小の人影が朧気に揺れていた。最後尾にもかかわらず、歩は押し出されるようにしてその陽光へ達した。瞬時に瞼の中まで黄色い光に満たされ、眩暈を覚える。その黄色い眩暈の中に、ゆっくりと瞼を持ち上げると、人影はもう像を結んでいた。

その森の中を切り開いた教室一つ分程の空間には、何人かの男の姿があった。皆がやはり作業服らしい、塗料で汚れたツナギを着ており、靴はゴム底の地下足袋《じかたび》だった。白い手拭いを頭に巻いている者もいる。よく見ると胸元には〝牡丹會〟と金刺繡が入っている。その男達の中に、晃と稔の姿もあった。晃の左瞼は紫色に腫れ上がり、唇の端には血痕が滲んでいた。

敷地の端には錆びたトタン小屋があり、その隣には鋳鉄の手押ポンプがある。ポンプの下に置かれたアルミバケツには、水がなみなみと溜まっている。どことなくあの旧校舎の前庭にも似ている。そして歩の目を引いたのは、草地に置かれた巨大な蛍光色の球体だった。直径が六十センチはあるボールで、陽光を浴びて発光したかの輝きを帯びている。そのボールには、坊主頭の男が跨がるように座っていた。彼だけはツナギではなく、黒のランニングシャツに、渡りの広い麻色のズボンを穿いている。

隣で青白い顔をしている藤間に、彼らが何者なのか小声で訊く。自分達を案内した男は横井、ボールに跨がる男は仁村という、第三の先輩だという。しかし藤間も全く知らない人間も交じっているという。たぶんみんな第三の卒業生なんでねか、藤間はときに爪の先を嚙みながら、ぶつぶつと洩らした。藤間は特に仁村を恐れていた。当時の三学年の中心的人物で、訊けば、回転盤も、彼岸様も、晃が考えたものではなく、仁村が好んで行った遊戯だという。

仁村がボールから立ち上がり、こちらへと歩いてくる。歩達の目の前で、真鍮のジッポーで、吸い口の茶色い煙草に火を灯す。背丈はそれほどでもないが、見るからに筋肉質で、肌は浅黒く、顔の彫りは深く、眼光は鋭い。ランニングシャツから伸びる隆起した二の腕には、梵字と神仏の刺青《いれずみ》が彫られていた。これまで渡り歩いたどの学校でも、自分が関わりを持たなかった種類の人間——、二の腕の如来は、螺髪《らほつ》に宝冠をかぶり、袈裟《けさ》を纏い、蓮の花上に鎮座している。その如来は、仁村の見た彼岸様ではないかと勝手に想像した。

「これからおめらの一人さ、マストンになって貰う。おめら第三最後の卒業生だ。なんたかたマストンさなって貰いて。」

別の男達が、トタン小屋から次々に農具を持ちだしてくる。その殆どの農具が、納屋に見たものと同じで、母から聞いてその名称や用途を知っていた。作物を掘り起こす際に使う鋭い三本刃の付いた踏鋤《フミスキ》、作物を叩いて脱穀する際に使う唐竿、除草に使う雁爪《ガンヅメ》、鋳鉄の手持ちスコップ、コイル巻きの麻縄――、と、ガラガラと一人の男が芝刈機のような物を引いてやってくる。それは田打車と呼ばれる、幾つもの回転する鉄の鉤爪の付いた農具で、田の泥の中の雑草を刈る為に用いる。鉄爪には赤錆が付着しており、陽差しの中に鈍い鉛《なまり》の色を帯びていた。そして最後に、草地の中央に蛍光色のボールが置かれる。彼らが何をしようとしているのか、まるで理解できない。隣に居る藤間に、マストンとは何のことか訊く。それを聞きつけた横井がやってきて、

「なんだおめぇ、偉大なる江川マストン先生ば知らんのか。無知な野郎だ。」

横井は晃と稔も呼び寄せ、皆で輪を描くように座らせた。その輪の中央に、小さ

な木箱を置く。あの天狗の絵の桐箱だった。燕雀をして誰がマストンになるか決めろと言う。いつものように晃が胴元になる。唇の端を赤紫色に染めた晃は、憮然とした表情で黒札を配っていく。晃はこの状況で、これだけ見物人がいる中でも、薬指を使うだろうか——、しかし歩はまた彼の虚偽を見逃した。それは陽光の目映《まばゆ》さの為でもあり、額を伝う汗水の為でもあり、炎天がもたらす眩暈の為でもあった。

一枚目の手札を開くと、水上に咲く蓮華の花が現れ、息が止まった。晃が薬指を使っていないのならば、それは完全に、勘と運で勝敗が決まる燕雀だった。この燕雀でドボンになれば、農具と球体を使った、恐らくは彼岸様に相当する遊戯を強要される。ようやく自分の置かれた状況を理解し、途端に心臓が早鐘を打ち始める。冷たい脂汗が、水になって両頬から落ちていく。一枚目に蓮華のカスは絶望的だが、二枚目の札で役が付く可能性も残されている。黄色い陽光に脳天を灼かれながら、残りの黒札を表へ返した。垂れ下がる蔓に紫色の花弁——、青藤のカスでドボンだった。

「おめたち三人で、もう一回、燕雀じゃ。」

横井の声に顔を持ち上げる。隣と対面を見ると、晃と稔の手札も十三を超えていた。藤間と近野と内田が抜け、三人で再び燕雀をする。歩にはもう嫌な想像しか浮かばない。自分がこの燕雀に勝てる材料は何もない。代々受け継がれる花札を用いた遊戯で、勘と運で勝敗が決まるならば、晃の薬指無しに、部外者である自分が勝てるはずがないのだ。だから二戦目の結果は意外だった。歩と晃は、赤短と青短で早々に役が付き、稔は蓮華に芒のカスでドボンだった。咄嗟に隣に座る晃の横顔を見た。そちら側は瞼が赤紫色に腫れており、表情は分からなかった。

男達から歓声が上がる。田渕さ白羽の矢ァ立ったぞ、誰かが喚き立てる。燕雀が終わると、晃は再び男達の群れの中に戻っていった。歩達は男達の対面に位置する草地に立たされる。横井が稔を引っ立て、麻縄で後ろ手に縛り上げていく。別の男が、草地の中央に蛍光色のボールを設置する。仁村は踏鋤を地面に突き刺し、その長い柄を握り、歩の隣に立っていた。柄を握ると、二の腕の如来は筋肉の隆起でやや歪んで見えた。と、仁村はこちらを見下ろして、

「おまえは転校生なんだってな。」

歩は声を出すことができず、汗を垂らしながらただ何度か頷いた。それからポケットへ手を突っ込み、母から貰った小遣い三千円の入った財布を握り締めて、

「あの、僕、たいしてお金持ってないんですけれど……。」

それを聞くと、仁村は勢いよく煙草の煙を吐きながら高笑いを上げた。歩も自分が見当違いなことを口にしていると分かっていた。仁村は再び煙草を一口吸い、今度はゆっくりその煙を吐いた後に、

「旱魃《かんばつ》も水害も蟲害もない。もう飢饉は起こらない。減反なんて言っても補助金は出る。すると農民は、次に何を求めると思うね？」

「はい？」

「白飯と娯楽をよこせってね。」

仁村は煙草を地べたへ放り、踏鋤を持って草地の中央へと歩いていった。フォークの形をした三本刃の側面で、稔の尻を叩く。後ろ手に縛られた稔は、老人のように腰を曲げた状態で、いつもの半笑いを浮かべる。すると刃の先端で、稔の肉付きのいい尻を突き刺す。稔の半笑いに苦痛の色が混じる。稔は老人の姿勢のまま、草地を駈け、ボールへと飛び乗る。一秒も経たぬうちに、ボールは前方へと勢いよく転がり、稔は肉体を地べたに強く打ち付ける。蹲る稔を、仁村が踏鋤で小突き、引っ立てる。顔を上げたとき、もう稔の顔から半笑いが消えている。

それはかつて第三中学で行われていた〝サーカス〟なる遊戯だった。小声で訊く歩に、小声で藤間が答えた。演者は後ろ手に縛られた状態で球に乗り、右へ三メー

トル、左へ三メートル移動した後に、三回廻って、××マストン、と名乗る。しかし玉乗りは、後ろ手に縛られた状態だと、バランスを取ることが難しい。何より、転倒した際に受け身を取れない。実際にこの玉乗りを最後まで成功させた者はいなかった。最初は度胸試しのようにして始められた遊戯であったが、次第に暴力の一環として利用され出した。

「上級生の連中、最終的にサーカスば旧校舎前のコンクリート上でやらせたんだね。あんときゃ酷かった。鼻血で、一帯が血だらけになってや――。」

「稔が？」

「違うよ、晃だよ。あいつ一年の頃、上級生さ虐められてたんだね。」

「君達の中学校では、昔からずっとそんなことを？」

すると藤間はなぜか狼狽し、顔面を紅潮させて、

「知らね！　わんど知ってらのは仁村の世代まで、それよか前の世代の連中が何やってたかなんて、わっきゃ知らね！」

暴力を止める者は誰もいなかった。歩達では、肉体的にとても敵う相手ではない。自分達は六人で、相手は七人だった。しかし例えば、皆で力を合わせて逃げることなら可能かもしれない。晃が輪の中へ立ち入り、歩がそれを補佐し、稔を救出して、

皆で協力して山から逃げる。もしそれができるならば、この一件は十五歳の少年の一夏の冒険として、歩の記憶に刻まれるかもしれない。しかし晃は向こう側の草地で、やはり憮然とした表情で立ち尽くしているだけだった。藤間や近野に制裁を加えた、彼の正義は嘘だったのだろうか。回転盤や彼岸様に興じた、彼の狂気は嘘だったのだろうか。

仁村が踏鋤で、再び稔の尻を刺す。老人の助走の末に、ボールへ飛び乗る。転倒する。歓声と嘲笑。何度目かに、稔の鼻腔からは大量の血が溢れてきた。恐らくは二年前と同じように、地べたが赤黒く汚れていく。しかし彼らは特に気にするでもなく、引き続き曲芸を強要する。観客の一人が罵声を浴びせる。観客の一人が囃し立てる。稔の顔面は土と血液と涙で汚れ、代赭《たいしゃ》色に染まっていく。嗚咽を洩らしながら首を左右に振り、玉乗りを拒否すると、仁村は怒号を発し、手持ちスコップの裏側で左右の頰を撲《ぶ》つ。柔らかい頰の肉の弾ける音が、パンパンと辺りに響く。情けね、おめぇそれでも伝統ある第三の三学年が。再び球体へと跳ぶが、もはや球までも届かずに地べたへ突っ伏す。仁村が稔の襟首を摑み、引きずり起こし、再び手持ちスコップで頰を撲つ。スコップで撲たれた場所だけ綺麗に泥が落ちるので、そういう化粧を施したように見える。

これはいったい何だろうと思う。田舎町とはいえ、市街地へ出ればカラオケもゲーセンもある。なぜ真夏の山中で、後輩に曲芸を強要せねばならないのだろう。終業式で聞いた〝夢の芽〟という言葉を思い出す。夢の芽がすくすくと成長し、緑葉を茂らせ、撓わに暴力を実らせている。でも歩にはもう、目の前の光景が暴力にも見えない。黄色い眩暈の中で、ただよく分からない人間達が蠢《うごめ》き、よく分からない遊戯に熱狂し、辺りが血液で汚れていく。自分はこの土地でも、場所に馴染み、学級に溶け込み、小さな集団に属することができた。副委員長という役割も得た。それなのに、なぜこんな訳の分からない場所に辿り着いてしまったのだろう。

横井は白木の棒で、自身の手の平を弾くように叩きながら、歩達の周囲を巡回していた。その棒は先端が平らになっており、恐らくは斧か金槌の柄だが、座禅のときに使う警策にも見えた。灼熱の陽光は丁度、歩達の真正面から射し、脳天や顔面を灼く。汗水が額や頬を伝い、顎下から雫になって落ちていく。隣でふらりふらりと揺れていた内田が、音を立てて地べたへ倒れた。すると横井が待ってましたとばかりにやってきて、バケツの水を浴びせる。内田はびくりと全身を震わせた後に、意識を取り戻す。横井に襟首を摑まれ、再び無理矢理に直立させられる。未だ焦点の定まらない瞳をしている内田の頰を、棒で打つ。草地の中央では稔の曲芸が続き、鈍い音と低い呻きが響く。その光景に藤間が顔を背けると、横井が棒で頬を打つ。近野は背を向けて草地に胃液を吐いており、やはり横井に打たれる。

「情けね、おめたぢ観客なんだはんで、顔ば背けずしっかど見れ。」

そして最後に、横井は歩のもとへやってきて、

「たげたのしんず?」

「は?」

すぐさま頬を打たれ、肉を打つ軽やかな音が脳内に響く。仄かに甘いような痛みが、頬にじわりと広がる。

「たげたのしんず?」

「はい。」

「ハッハッハ、かみの人間、肝すわっとる。」

その笑いの中途で、横井は何かに気づき、歩の左手首へと視線を落とし、

「おめぇ、いいもんしてらな。」

横井に言われて、歩は自分の左手首を見る。そこではクオーツの腕時計が、こつりこつり時を刻んでいる。

「それ、わにくれろ。」

　返答を待たずに、横井は腕時計を外しにかかった。歩は革のベルトが引き抜かれていく様を、じっと見ていた。横井は腕時計を自分の左手首へ巻くと、文字盤を見ながら、こりゃいい時計だじゃ、と洩らし去っていった。歩の左手首の皮膚には、時計盤の形に窪んだ歪な桃色の痕が残っていた。その桃色の痕から顔を上げると、平地の一角で陽光を浴びる農具の山が目に留まった。農具の中には、横槌もあった。自分の立つ位置からは見えない、その横槌の後ろ側の木肌に、〝豊かな沈黙〟と手彫りの言葉が記されている気がした。

　稔の左右の眼窩はテニスボール程にも腫れ上がり、もう顔貌が変わっていた。その赤紫色に腫れた瞼から、絶え間なく生血が染み出している。鼻筋も倍ほどに膨れ、鼻腔からも血液が止《と》め処《ど》なく溢れ、稔は赤い涙を流し、赤い唾を吐きながら、腫れた口腔をもごもごと動かして喋り難そうに、痛い、痛い、もうこれ以上はできね、勘弁して下せぇ、と懇願する。その言葉の途中で、パンパンと肉を撲つ音が響く。すると稔は卒倒し、地べたに蹲った。白目を剥いて泡を噴き痙攣すると、低い鼾をかき始めた。ズボンの股周りが濡れて染みになっている。観客から次々に野次が飛ぶ。立ち上がらねぇぞ、演技ばしてら。汚ぇ、小便もらしてら。バケツだ、バケツの水ばかけろじゃ。観客の一人が、稔の肉体にバケツの水を打ち付ける。すると稔は意識を取り戻し、青黒い顔面を持ち上げる。腫れ上がった瞼の奥の白目の中で、瞳が不自然に上下している。その顔面は、仁村に襟首を摑まれて無理矢理に持ち上げられていく。マーストン、マーストン、マーストン、観衆から喝采が沸く。稔は再び球体へと駈けるが、球体とは全く関係ない場所で足を絡ませて転倒する。何か白い小さな粒が、陽差しの中を、放物線を描いて飛んでいく。草地に落ちた血に濡れた白い粒は、稔の虫歯のない前歯に違いなかった。稔はもう立ち上がらなかった。が、仁村は再び稔の襟首を摑んで引きずり起こし、スコップで頰を撲つ。おめぇ田渕マストンさなりたくねぇんず？　横槌で一発、目ぇ醒ますな？　サーカスがお気に召さねぇんだば、唐竿もあるし〝脱穀ごっこ〟で実りの汗ば流すか、〝八反ずり〟で山越え校内新記録ば狙うか、〝田打車〟で滑走肉ナラシでもいいぞ――、観客から鶏鳴のような嘲笑が起こり、俄《にわか》に殺しの気配を感じ始める。彼らは人殺しをするつもりはない。しかし人殺しをしてしまうかもしれない。殺意なく人を嬲《なぶ》り殺してしまうかもしれない。

と、稔の両腕を縛っていた麻縄が解け、するすると草地へ落ちた。仁村が前屈みになってその縄を拾おうとするが、なぜか縄を拾えず、そのまま蹲り、礼拝するかのように額を地べたへ付けた。歩は目を細めるが、仁村は稔の陰に入り、よく見えない。そして歩の目を引いたのは、草地の向こうでそれら一連の光景を見ている、晃だった。晃の顔を見てぎょっとした。両眼を見開き、頬の肉を盛り上げ、大口に白い歯を剝き出しにしている。歩の知る晃の顔ではない。それは十五歳の少年の顔ではなく、泣き出す直前の幼子の顔だった。次の瞬間、晃はそのぽっくり開いた大口から鳥の叫喚を上げ、突如としてこちら側へ突進してきた。何を理解する間もなく、歩は晃に肩をぶつけられ、その場に尻餅をついた。振り返ると、森の出口へ向かって消えていく、晃の小さな背が見えた。

地べたに座り込んだ位置から稔と仁村とを見て、ようやく何が起きたのか理解した。仁村の麻色のズボンには、ペンキとは違う、確かな赤い血の色が滲んでいる。そして頸筋からは、夥しい鮮血が溢れている。稔のズボンのポケットが、不自然に捲れている。そして稔の右手で、銀色の光が瞬いた。何らかの刃物を手にしている。しかしあの盗んだ刃物は、確かに自室の抽斗の奥に仕舞ったままのはずだ。

血塗れの人間と、血塗れの刃物に、観衆からどよめきが起こる。泥と血と涙で汚れた、赤黒くも青黒くもある顔面——、その両頰に横筋一本の線を残した稔は、野太い咆吼を上げながら、めったやたらに刃物を振り回している。刃物から血液が飛び散り、黄色い球体に付着した黒い血が、ゆっくりとその表面を垂れる。血飛沫は小屋にまで達し、錆びたトタン壁にたつりたつりと黒い斑点を残す。バケモンだ、一人の男が叫んだ。あだま狂ったじゃ、もう一人が叫んだ。確かにその姿は人間には見えなかった。稔の肉の形をした人外にしか見えない。そして横井が、呻きのような一声を上げながら後ずさる。神降ろしばしてまっだ、彼岸様ァ、此岸さおいでになられだ！

男達は皆、稔から距離を取るように、森の端へと退いた。背後を見ると、藤間達も森の端へ寄っている。仁村は頸筋に手を当て、跪《ひざまず》いたまま動かない。稔は中腰のまま、頻りに周囲を見回している。両瞼が腫れているので、辺りが殆ど見えていないらしい。歩もとにかく距離を取ろうと、地面に手をつき立ち上がろうとしたとき、草を踏む足音が突如として近づいてきて、強い力で後方へと押し倒された。仰向けの状態で瞼を開くと、稔と色濃い青空が見えた。馬乗りになり、銀色の円盤をその空へと掲げている。食肉などを裁断するときに使う、円盤状の刃物だった。半円にゴムが被せてあり、そこが持ち手になっている。

振り下ろされた一打は、歩とは全く関係のない場所で空《くう》を切った後に、雑草を切り裂いた。やはり稔は周囲が見えていない。次の一打を、歩はどうにか片腕で凌いだ。稔の前腕と、歩の前腕とがぶつかり合い、その肉と骨の軋みを聞いたとき、すべてを理解した。稔は晃を殺そうとしている。同時にこれまでの幾つかの疑問が、紐をほどくように解けていく。考えてみれば、意味不明に頭蓋を割られ、擬似的に硫酸を浴びせられ、縄跳びで首を絞められ、その相手を憎まないわけがない。稔は花札の不正にも気づいていた。あの給食の一件は、稔のささやかな抵抗で、藤間に下剤でも盛ったのだ。晃の突然の逃走の意味も理解し、彼に失望した。晃は稔の復讐に怯え、子供のように泣き喚きながら逃げていった。あの男は学級のリーダーではなく、ただの弱虫の虐められっ子だったのだ。

目と鼻の先には、血液に汚れて鈍く光る円盤状の刃がある。晃の身代わりになって殺されるなんて馬鹿げている。次の一打は、歩の耳のすぐ横に突き刺さった。乾いた口腔内でどうにか唾液を飲むと、稔を押し退けて叫んだ。

「僕は晃じゃない！　晃ならとっくに森の外へ逃げてるんだよ！」

稔は腫れ上がった瞼の奥の、細長い白目の中で瞳を動かし、

「わだっきゃ最初っから、おめぇが一番ムカついてだじゃ！」

再び円盤が振り下ろされ、歩の掌を深く裂いた。歩は痛みに仰け反《のぞ》り、稔は均衡を崩した。歩はその稔の腹部を蹴り上げて地べたから脱した。身体を起こし地面を蹴り出す際に、脹脛《ふくらはぎ》の肉の中を何か冷たいものが過ぎていった。痛みは遅れてやっ

てきた。ぎゃ、という呻きが自然に口腔から洩れた。歩は前のめりのまま数歩進んだ場所で、再び地べたに突っ伏した。背後を見ると、稔もまた数メートル後方で地べたに伏している。歩は半身を起こして顔を上げると、助けて、と叫んだ。辺りを見回すと、皆が森の端に寄っていた。二十個たらずの瑞々しい眼球が、日陰からじっとこちらを見詰めていた。背後からは、稔の荒く低い息遣いが聞こえてくる。歩はどうにか自分で立ち上がり、片脚を引きずるようにして、その場から遁走《とんそう》した。しかし稔の息遣いは、自分から離れることはなかった。

真夏の黒く深い森を駈けた。それは山道の側ではなく、更に森の奥へと続く獣道だった。汗が目に滲み、右手で荒く眼窩を拭うと、生温かいものがべたりと伸びた。掌を見ると、小指の数センチ下の皮膚がぱっくり裂けており、その傷は白い骨にまで達していた。脹脛を裂かれた左脚には、地面を蹴っている感覚がない。半身が浮いたような状態で、喘ぐように山中を駈けた。背後からは獣の息遣いと、枝葉を踏み砕く足音が響き、歩が駈けても駈けてもそれは離れることはない。なぜ自分が稔の標的にされているのか、理解できない。自分は暴力に加担していないし、嘲笑もしていない、それどころかコーラの残りまであげたのに、なぜ——、そして赤黒い稔の顔面と、赤黒い柳のカス札が、同時に脳裏を過ぎり、それは重なって混ざり合い、背後に迫っているものは、あの枠外から伸びてくる鬼の手と同じ種類のものかもしれない、もしあの手に生きた人間が摑まれてしまったら――、歩はもう悲鳴と嗚咽を留めることができず、顔中を血と汗と涙と唾液でぐしゃぐしゃにし、金切声を上げながら黒い森を駈けた。途中から獣道を外れ、どこをどう走っているのか見当もつかない。

と、後方から何者かに摑まれ、その手はどうにか振りほどいたが、バランスを崩して前のめりになり、右脚で踏ん張ろうとすると、地面は滑らかに崩れ、その場所に肉体が沈んだかと思うと、視界は目まぐるしく回転し、一瞬、森が開け、目の前に色濃い夏空が広がり、その直後すべてが暗闇に鎖された。

どれだけの時間が過ぎたかは分からない。意識を取り戻したとき、闇の底に横たわっていた。その闇の中から、流水の響きが聞こえてくる。水音は耳元で、滞ったり、流れたりしている。頬に硬い岩肌の感触を覚える。半身は流水に浸されており冷たい。どうやら河面の、平らな岩の上に倒れているらしい。

瞼が開けられない。上瞼と下瞼が糊付けされたように貼り付いている。立ち上がろうとするが、肉を裂かれた左脚には力が入らない。右脚も折れたのか動かない。

その水音の響く奈落の底で、虫のように這い、岩の上でどうにか半身を起こす。すると忽ち吐き気をもよおし嘔吐した。それが血液なのか、胃袋の中身なのかは分からない。掌で触る限り、顔中が大量の血で汚れている。冷たい半身に反して、頭は灼けるように熱い。転落した際に、頭蓋を割ってしまったらしい。

唯一負傷していない左手で、貼り付いた瞼を剝がし、外界を見ようとする。睫毛の束や血塊の向こうの狭い視界の中に、河辺の光景が映る。上流の闇一帯が、血の色に染まっていた。燃え盛る焰の周囲で、複数の人影が蠢いている。焰の背後の茜色の護岸壁には、蠢く人影の影が映り込み、伸縮を繰り返している。その影はときに歪曲し、一瞬で数メートルにも引き伸ばされる。壁面の影のほうが賑やかだったゆえに、そちらが生身で、現実の人影が影であるかに見えた。

頭を打ったせいか、物音は聞こえない。流水の音だけが異常なほど鮮明に耳元から聞こえてくる。その流水音の遥か後方で、途切れ途切れ、しかし確かな響きで、何かが奏でられている。シャンシン、シャンシン――、その音色を聴くうちに、再び腹から込み上げてきて嘔吐した。

焰と河の畔には、三体の巨大な藁人形が置かれていた。一つの影が、松明《たいまつ》の炎を藁人形の頭部へと掲げる。藁人形の頭が燃え盛り、無数の火の粉が山の淵の闇へ吸われていく。それは習わしに違いないが、しかし灯籠流しではなく、三人のうちの最初の一人の人間を、手始めに焼き殺しているようにしか見えない。

あなたのなかの忘れた海

海鹿島《アシカジマ》海岸近くの妻の実家に、かれこれ一週間ほど滞在している。私は八年勤めた不動産系の会社を辞め、失業保険で生活しながら求職活動をしていた。なかなか職が得られず気が滅入っていたところ、せっかくの夏だし海鹿島の実家で療養でもしようと、妻に誘われたのだった。療養といっても、私は病で床に臥しているわけではない。単に妻が海へ行きたいだけではないか、そんな気もした。彼女は海辺の街で育っているので、ときに潮風が恋しくなるのだという。

午後三時を過ぎた頃に、私は妻の実家を出て海へと向かった。松林を抜けると、アスファルトの海岸道路があり、ガードレールの先には白く豊かな砂浜が広がる。パステルカラーのパラソルが並び、背中を灼く女の姿や、浮き輪をつけた子供の姿が見える。砂浜の向こうには水平線まで太平洋を見渡すことができる。海面からは所々で黒々とした岩が顔を出し、その辺りでは波が砕けて白波が立つ。入り江で、かつ岩場があるので、比較的に波は穏やかだと聞いた。水平線のやや手前を、小豆色のコンテナを積んだ貨物船舶が横切っていく。太平洋を渡り、北アメリカの港でも目指しているのだろうか。

陽光で熱を持った砂の上を、サンダルで歩く。夏の盛りではあるが、人の姿は疎《まば》らだ。多くの遊泳客はもう少し南下して、広大な九十九里浜へと向かう。砂浜の一角にビーチボールが転がっていた。拾い上げてみるが、辺りに持ち主は見つからない。遊泳客に忘れられたのか、それとも海から漂着したのか。細かな砂粒で覆われた球体の表面を、半透明の浜虫が忙《せわ》しく動き廻っている。妻は十八歳になるまでこの海辺の街で育った。私はふと、幼い頃の彼女が、砂浜を走り回る光景を思い描いた。ボールを元あった場所へ戻すと、彼女の幻影に苦笑しながら、再び砂浜を歩き始めた。

＊

鈴音《スズネ》が水死体を見たのは、九歳の夏のことだった。

その日、一学期の終業式を終えたばかりの彼女は、級友らと共に海へ向かった。

明日から夏休みが始まる。皆の足取りは軽かった。級友らは、膝まで海に浸して水を掛け合っていたが、彼女はそれを遠目に砂浜を散策していた。汀《なぎさ》で遊ぶことよりも、砂浜へ打ち上がった漂流物を探すことが好きだった。

海岸には、実に様々な物が漂着する。烏帽子貝《エボシガイ》の付着した汐木、海藻の絡みついた巻網、錆びた双眼鏡、変色した薬瓶、鰯《イワシ》の死骸、海猫の死骸、水母《クラゲ》の死骸――。彼女は一度、海辺に海豚《イルカ》の死骸を見た。体長一五〇センチほどの海豚が、白い腹を見せて砂浜に横たわっており、遠目には小太りの人間にも見えた。それからまた、彼女は半月ほど前、手紙入りの漂流瓶を発見していた。クラフト封筒を開くと、中には陽に灼けた褪せた手紙が一枚納められていた。アルファベットが並んでいるので、内容は理解できない。幼い頃の彼女は、宝物でも発見したように、自宅へと砂浜を駆けていった。

手紙の内容は母が翻訳してくれた。――私はオレゴン州のウィーラーという街に住んでいる、エミリィという女の子です。家は農業をやっていて、自宅の前に百二十エーカーの小麦畑があります。八月になると春小麦《スプリング・ウィート》が実り、畑一面が黄金色に染まります。西風が吹く日は、黄金色が波のように揺れます。私は友達が少ないので、この手紙を見つけた人は、ぜひ私と友達になって下さい。

冒頭の日付を見て、母は驚いていた。たった一週間前の日付が記されていた。西海岸から硝子瓶を流したとしても、一週間で太平洋を渡り、千葉の沿岸にまで届くはずがない。父はこんな仮説を立てた。きっとエミリィちゃんは、家族でハワイ旅行に来ていたんだよ。でもエミリィちゃんは、あまり陽に灼けたくないから、パラソルの下で手紙を書いていたんだよ。ワイキキから流した硝子瓶が、潮流に乗って、千葉の沿岸にまで届いたんだな。父の仮説は、祖父母に一蹴された。ハワイからでも一週間で日本に届く訳がなかろう。エミリィちゃんが西暦を間違えただけだろう。

鈴音はエミリィに返事を書いた。――私は千葉に住んでいる鈴音と言います。小学四年生です。私もぜひ、エミリィと友達になりたいです。オレゴンはどんなところですか？　私の住む港町は、漁業が盛んで、水揚量は日本で一番とも言われています。家のすぐ近くに、海鹿島海水浴場があります。昔は本当に海辺に海鹿が棲んでいたそうです。私は海鹿を見たことがないので、また海辺に帰ってきて欲しいです。返事を書いたはいいが、エミリィの手紙には住所が記されていなかった。だから鈴音は、どこへ返事を送ればいいか分からず、未だ手紙は机の抽斗に仕舞われたままでいる。――

ふいと振り返ると、級友らは未だ汀で駆け回っていた。海水で湿った汀の黒い砂に、次々に足跡が付けられていく。ときに一人が両方の手の平で、浅瀬の海水を上空へと弾く。もう一人が反対側から、同じように海水を弾く。水飛沫が夏の陽光の中に交錯して瞬く。鈴音は彼女達のはしゃぎ声を背後に聞きながら、再び足元を見詰め、砂浜を歩んでいく。その日は目新しい漂流物は見つけられなかった。空缶や長靴やサンオイルの容器、他は見慣れた貝殻が転がるばかり。海豚の脊椎《せきつい》に似た白骨も、持ち上げてみると唯の乾いた汐木だった。

岩場に差し掛かると、彼女は潮風の匂いの変化に気づく。岩礁に付着する緑藻のせいで、海風の中に磯の匂いが混じる。魚の死臭や、乳製品の腐敗臭も混じっている気がする。歩みを止める。岩場の陰の海面で、何か生白い物体が、漣《さざなみ》に合わせて浮き沈みを繰り返している。海藻のへばりついたサーフボードだろうか――、もう二三歩足を進めたとき、生白い物体が生物としての膨らみを持ち、その胴体からだらりと四肢が伸びていることに気づく。それでも彼女には、眼前の漂着物が一体何なのか、未だ理解できずにいた。

半裸の水死体は、人の原形を留めない程に膨れ、身体は部分的には淡い青藍色に染まり、また表皮が剝がれ真皮が露出した部分は赤く爛れ、屍肉の内部では黒く野太い血管が魚網のように巡っている。最も膨張した臀部の皮膚は海水に濡れ、油を塗ったような虹色の光沢を帯びていた。海蘊《モズク》の塊が少し離れた場所で、死体と同じように浮遊している。それも海蘊ではなく、頭部から皮膚ごと脱落した頭髪の塊であるらしかった。死体は波の押し引きに合わせて、呼吸をするように上下している。海面が盛り上がると、潮風の中に混じる腐肉の臭いを、確かに鼻腔に覚えた。腐臭も波のように、遠のいたり近づいたりした。

彼女は長い間、身動きせず、声もあげず、その水死体を眺めていた。呼吸は波音と重なり、やがて水死体の揺れと重なっていく。すると彼女は死体を身近なものに感じ始めた。あの俯《うつぶ》せの死体の呼吸を、自分が代わりにしてあげている、そんな気持になろうかという頃、彼女は後ろからぐいと手首を引かれた。驚いて顔を向けると、母が立っていた。砂浜にいる私達の姿を、海岸道路から見かけたのだろうか――、母は怒ったような顔でこちらを見詰めており、鈴音は咄嗟に、ごめんなさい、と洩らした。でもいったい、誰に対して、何に対して謝っているのか、自分でも分からなかった。――

数分後、母の通報で、地元の消防団員や警察官が駆けつけ、水死体は引き揚げられた。土左衛門《どざえもん》とはよく言ったもんだねぇと、年嵩の消防団員が洩らしていた。一方で歳若い警察官は顔面蒼白で、頻りに額の汗を手布《ハンカチ》で拭っていた。かと思うと、警察官は突如、汀へと駈けて、背中を痙攣させながら海へと嘔吐していた。水死体は担架に乗せられ、県道沿いに停めてあるワゴン車へと運搬された。やがて警察も消防団員も退散し、砂浜には沢山の足跡だけが残されていた。彼女はそうした光景を、海岸道路近くの斜面に座って眺めていた。

その日の夜更け、彼女は布団の中で、眠りに落ちる前に、天井の暗がりを見詰めて考えていた。ここ一ヵ月の内に、海鹿島で水難事故に遭った者はいない。どこか別の海岸で溺死した人が、潮の流れによって運ばれてきたのだろうか。その死体を、私が、夏休みが始まる前日に、偶然見つけたのだろうか、ともすれば水死体は私に見つけて貰う為に、あの岩場へ漂着したのかもしれない――。網戸の向こうの暗闇からは、夏の虫の音に混じり、微かな波音が聞こえてくる。消したはずの蛍光灯が、天井でぼんやりと白く発光しているように見える。彼女は再び、あの生白い脂肪のことを想起する。天井の暗がりの中で、訳の分からない白い脂肪の塊がぶくぶくと膨張していくように感じる。海蘊にも見えた長く黒々とした頭髪――、ふと、あの死体が女であったことに気づいた。――

翌日の地方新聞には、この死体のことが記載されていた。〝海鹿島海岸に身元不明遺体あがる〟彼女はラジオ体操から帰ってきて、朝食を待つ間に、その新聞記事を見つけた。畳に広げた新聞を、四つ這いになって見詰めていたが、漢字が難しくて内容は理解できない。程なくして、彼女は母に呼ばれて食卓へ向かった。目玉焼きを頬ばる頃には、もう新聞のことは忘れていた。朝から体操をして酷く空腹だった。近くの松林で、じぃじぃと油蟬が鳴き始める。小学四年生の、夏休みが始まったのだった。――

その年の七月の終わり、正午を過ぎた頃、鈴音は硝子瓶を手にして海辺へと向かった。硝子瓶には、エミリィへの手紙が納められている。砂浜へ出ると一度蓋を開けて、お気に入りの漂着物でもある、胡桃《クルミ》の実を一つ、硝子瓶へと落とした。胡桃の硬い殻が瓶の底に触れ、からんと高い音が響く。それからレジンペレットと呼ばれる宝石にも似たプラスチックの小粒を、さらさらと硝子瓶へ流し入れた。蓋を固く閉め、硝子瓶を両手で持ち、汀へ立つ。こちらへと波が満ちたとき、勢いよく硝子瓶を海へと放った。硝子瓶は海面で浮き沈みを繰り返し、やがて沖へと流されていく。その硝子瓶が波間に消える頃、彼女は手紙に、自分の住所を記し忘れたことに気づいた。――

長い間、実に十二年もの間、鈴音はあの夏の水死体のことを忘れていた。彼女は二十一歳になり、海鹿島から東京のマンションへ引越して一人暮らしをしていた。その年は身の回りで不幸な死が相次いだ。短大時代の親友Aが轢死し、また別の親友Nが縊死《いし》していた。相次いで二人の友人を失い気落ちした彼女は、会社に有給申請をして七日間の休暇を取り、実家へと帰省した。父母は温かく鈴音を迎え入れ、彼女は次第に平静を取り戻していった。東京の雑踏とは違う、波音や潮風の匂いも、彼女に安らぎを与えるものだった。海鹿島で過ごして、三日が経とうという頃だった。

　午後、海辺を散策している途中で、彼女は砂浜の向こうにボールが転がっているのを見つけた。近づくに連れて、それがボールではなく、漁で使う浮玉であることに気づいた。麻縄で括られた、暗緑色の硝子製の浮玉――、随分と型が古い。近年の漁では、硝子製ではなく、通常はプラスチックのブイを使う。何年もの間、海で漂流していた浮玉が、今日になって浜辺へ打ち上がったのだろうか――、拾い上げようと身体を屈めると、硝子玉の表面に、やや歪んだ自分の顔が映り込んだ。その歪んだ顔を見詰めるうちに、彼女は何故かあの終業式の日を思い出した。あの夏の日の午後、干潮時の岩場に浮いていた、水死体のことを――。

　考えてみれば、あの一件には何一つ結末がなかった。自分が水死体を見つけ、それが運搬され、新聞記事になり、それでお終いだった。あの死体は身元が判明して遺族の元へ返されたのだろうか、そもそもあの死体はどこから、どういう理由で流れてきたのだろうか。あのときは自分も子供だったから何一つ行動できなかったが、今ならば、あの水死体について辿ることができる。

鈴音は自宅裏の納屋から、原付バイクを引っ張り出してきた。十七歳のときに、友人と一緒に原付バイクの免許を取得した。海岸道路をホンダのディオで走ることが、彼女のささやかな夢でもあった。祖父母が年金でバイクを買ってくれたので、その夢は叶った。彼女は高校を卒業するまで、ときに友人と海岸道路を原付バイクで走った。東京の短大への進学が決まり、彼女が家を出て以後、バイクは誰に使われることもなく、納屋の片隅に放置されていた。祖父母はバイクを自分に買い与えた後に、立て続けに他界した。だからこのバイクは、祖父母の形見のようにも感じている。

自賠責保険のシールを見ると、あと二ヵ月、期限が残っている。祖父母が五年分もの自賠責保険を支払っていたことを、初めて知った。近所の燃料店でガソリンを入れて貰い、キックペダルを幾度か蹴ると、エンジンは乾いた音を響かせ、マフラーから白煙が立ち昇り、辺りには懐かしいオイルの匂いが漂った。原付バイクは、自分を待っていたかのように息を吹き返した。

鈴音は潮風を全身に浴びながら、久方ぶりに夏の海岸道路をバイクで走った。右手には海原と碧空が広がり、ときに鷗《カモメ》の影がその群青色の中を過ぎっていく。軽快なエンジン音や、アクセルグリップの感触、全身に伝わる走行の振動に、彼女は心地良さを感じる。友人達の死に気落ちした自分が、忘却した水死体を辿ろうとしていることに、ある種のおかしみを覚える。唇の内側で、当時の流行歌を口ずさんでみる。唄は風音と共に、次々に後方へと流されて消えた。

T市の街中にある市立図書館を訪れ、地方新聞の過去の縮刷版を手に取る。自分が九歳の頃の、七月下旬の新聞。記事を辿っていくと、確かにあの日の水死体のことが記されていた。あの夏の日、朝のラジオ体操を終えた後に、畳部屋で四つ這いになって読んだ記事だ。——T市海鹿島海岸で24日午後2時頃、岩場の波打ち際に漂着した遺体を地元女性が発見し通報した。遺体は20～50代女性で、身長約160センチの中肉中背。海を漂流していたとみられる。T署で遺体の身元や死因を調べている。

水死体を発見したのは私だが、通報をしたのは母だ、だからこの記事には少し誤りがある、鈴音はそう思った。更に七月末から、八月末まで新聞記事を眺めていくが、水死体の情報は何も追記されていない。遺体は家族のもとへ返されたのだろうか――。彼女は図書館のレファレンス係に、新聞記事を見せ、この事故について尋ねてみた。その三十代の男性職員は、私も長いことT市に住んでいますが、こんな事故があったなんてまるで知りませんでしたよ、と答えた。もしご遺体の関係者の方でしたら、警察署に行ってみれば詳しい資料が残っていると思いますよ。――

緩やかな曲線を描く海岸道路を、再び原付バイクで走る。曲がり角へ達するとやや重心を傾け、直線道路に戻るとアクセルグリップを回し、エンジンの回転数を上げる。あと三つほど曲線を越えれば、右手に見慣れた松林が見えてくる。鈴音は警察署には向かわなかった。自分はあの水死体を最初に見つけたというだけで、遺族でも関係者でもないのだ――。と、ポケットに入れている携帯電話が震えた。彼女はバイクを路肩へと寄せ、ディスプレイを見る。会社の上司である田崎氏だった。エンジンを止めて電話に出る。物件の写真撮影に使うデジカメが見つからないので、行方を知らないかとのことだった。田崎氏の声の後ろ側では、自動車の排気音、横断歩道で響く電子音、警察車両のサイレンの音、拡声器から流されるアナウンス、そうした東京の雑踏が一緒くたになり響いている。

田崎氏は三つ歳上の上司で、新人研修の頃から世話になっている。一度、仕事とは別に、食事に誘われたことがある。その日は習い事の英会話があったので、誘いは柔らかく断った。田崎氏は一人で何度か頷きながら、自分のデスクへと帰っていった。氏は自分に好意があるのかもしれない。でもその後、特に誘いはない。何を考えているのか分からないところがある。あの日、英会話をサボって彼と食事に行ったらどうなっていたのか、そのことには少し興味がある。

デジカメは、自分が以前に使ったときにデスクの引き出しに入れたままだったかもしれない――、彼女は、自分のデスクの二段目を見て下さいと告げる。勝手に引き出しを開いて大丈夫かと、田崎氏は尋ねてきた。勿論かまわない。昼休憩が終わったら確認してみると、田崎氏は言った。電話を切る間際になって、

「後ろ側で、波の音が聞こえるね。」

彼女は思わず電話を持ったまま振り返る。防波堤のコンクリートの向こうには、水平線まで海原が続き、絶え間なく波が一列になって訪れ、岩場で砕けては白波になる。電話を切ると、東京の雑踏は消え、波音だけが残された。視界の左手、海へと突き出た岸の突端には、白い灯台が聳えており、その周囲を鷗の群れが飛び交っていた。

公園通りの小さな交番には、三十代半ばほどの警察官が駐在していた。水色の半袖シャツに、制帽を被り、団扇で頻りに顔を扇《あお》いでいた。事情を話すと、警察官はパソコンからプリントアウトしたらしい、身元不明遺体の資料をデスクへ広げた。遺体の詳細と共に、遺留品の写真が添えられている。こうした資料を簡単に閲覧できることに驚いたが、警察側でも情報提供を求めているらしい。

〈照会番号〉××〈発見された日〉平成4年7月24日。〈場所〉千葉県海鹿島海岸。〈性別〉女性。〈年齢〉18~45歳くらい。〈身長〉160センチくらい。〈体格〉中肉。〈頭髪〉黒色。〈血液型〉O型。〈その他〉臍下《へそ》に斜めの手術痕。〈衣類等〉アニエスベーの腕時計、指輪、銀歯、ミサンガ。

鈴音は資料から顔を上げて、年齢に随分と幅があるものですね、そう尋ねると、警察官は、まぁ水死体なもんですからねぇ、と苦笑した。

「このご遺体のことはよく覚えていますよ。警察学校を卒業したばかりで、私がまだ巡査をやっていた頃ですな。何せ、私が人生で初めて見た死体だったもんですから。」

彼は制帽を取り、タオルで額の汗を拭った。格子窓に留まっている油蟬が、けたたましく鳴き声を発していた。ご家族の誰かが行方不明なんで、彼はそう尋ねてきた。鼻頭には汗の玉がふつふつと浮き、やや伸びてきた髭が口周りを暗くしていたが、瞳は青味がかった澄んだ色をしている。その瞳を見るうちに、ふと、この警察官とは以前にも言葉を交わしたことがある気がした。鈴音は再び身元不明遺体の資料へ視線を落とすと、この子を最初に見つけたのが幼い頃の私なんです、そう答えた。

再び海岸道路を原付バイクで走り、海風を浴びながら考えていた。洋服の好みからして恐らくは歳若い女性――、装飾のないシンプルな指輪――、デザインからして結婚指輪ではなくペアリングだと思う。奥歯に銀歯を一つ被せた、アニエスの好きな交際相手のいる歳若い女性――、手術痕は、盲腸によるものだと思う。自分も小学生の頃に盲腸を患ったことがあり、やはり臍下に斜めに入った数センチの傷痕がある。衣服を着たまま溺死したのならば、遊泳客ではないのだろうか、船上から、あるいは防波堤から、偶発的に転落してしまったのだろうか――。

鈴音は想像してみるが、水死体について辿ることは、そこまでが限界だった。警察側でも詳しく調査しているはずなのだから、一般人の自分に、何かが解明できるはずがない――。それでも鈴音は、幾らか自分の身が軽くなったのを感じる。あの水死体は、薄闇の中に膨張していく訳の分からない白い脂肪の塊ではなく、唯の死体だったのだ、そう理解して――。

遺骨は五年ほど保管されていたというが、身元不明のまま、無縁納骨堂に合葬されたという。彼女は海岸通りの、坂の途中の商店で、線香とマッチを買った。あの岩場近くの砂浜に線香を一本差し、この一件の結末にしようと思った。線香の先端に灯った赤い灰から、白い煙が燻《くゆ》り海辺へと広がっていく――、その光景を想像し、彼女は一人で頷いてみた。

海岸道路にバイクを停めると、砂浜に人だかりが出来ていることに気づいた。沢山の人々が、大声を上げたり、静まり返ったりしている。鈴音はヘルメットをハンドルへ引っかけると、その人だかりへと駆け寄った。黄色い砂が、足元で弾けていく。人だかりの中央には、十歳ほどの水着姿の少女が横たわっている。ライフセーバーの男性が、少女に馬乗りになり、人工呼吸を施していた。ざわめきからは、足を攣ったただの、潮流の渦に飲まれただの、沖に流されただの聞こえてくる。男性が少女の胸を強く押し込む度に、紫色の唇の端からは海水が溢れる。この子はもう助からない、鈴音にはそんな予感があった。心肺は停止し、血液の流れは止まり、少しずつ身体は硬直し、この海辺で死体になる、そんな予感があった。

少女は勢いよく海水を吐くと、ぱっと目蓋を開いた。砂浜の上にすっくと立ち上がると、水着姿のまま花笠音頭を踊りだした。鈴音も幼いころ、運動会の演目で、その踊りを覚えたことがある。人だかりからは歓声が上がり、ちらほらと笑い声も聞こえた。少女はその場で家族のもとへと返された。見物人は解散し、少女は父親らしい男性に頭を撫でられていた。砂浜に残された沢山の足跡の中心には、人の形をした黒く湿った砂痕が残されていた。鈴音は苦笑しつつ、海岸道路へと砂浜を引き返していった。

翌日の昼、鈴音は東京へと戻る前に、再び海鹿島海岸を歩いた。水死体を見つけた岩場へ立ち寄ると、そこでは幾人かの子供が磯遊びをしていた。魚網を片手に、岩場の潮溜まりに集まっている。ある少女は膝頭まで海水に浸かり、箱眼鏡で海の中を覗いている。少女の周りでは、数匹の稚魚が遊泳している。海水は水底まで透き通っているが、陽光の加減で海面はちらつく。あの少女には、海の中の群青《ぐんじょう》色の稚魚の姿が、鮮明に見えているのだろうと思う。

子供達は、皆が六歳から九歳ほどに見えた。ここへ水死体が打ち上がったときには、産まれてさえいなかった子供達だ。砂浜で立ち尽くしている鈴音に、一人の少年がぶつかった。少年は手にしていた魚網を落とし、鈴音は手にしていた線香の箱を落とした。彼はぺこりと頭を下げた後に、砂の上から網を拾い、磯場へと駈けていった。少年のよく陽に灼けた褐色の背中を見届けた後に、彼女はようやく線香の箱を拾った。

鈴音は砂浜へと戻り、波打ち際に立つと、マッチを擦り線香に火を灯した。白煙が海原とその背後の青空に漂うのを認めると、線香を押し寄せる波へと放った。先端の灯火は瞬く間に消え、耳元でじゅうという音が聞こえる気がした。波間に漂うその細長い線を見届けた後に、ふと自分が幼い頃に海へと放った、硝子瓶のことを思い出した。あの硝子瓶は、未だに海を彷徨《さまよ》っているのかもしれない。それでも何年か後に、どこかの浜辺に打ち上がるかもしれない。そして手紙を読む誰かは、T市に住む鈴音という名前の少女のことを、想像するかもしれない。——

自宅へ戻り、仏間で祖父母へ線香を上げた後に、彼女は東京へと向かった。T駅までは父が車で送ってくれた。特に用事は無いのに、母もついてきた。年末にはまた帰ってくるから、鈴音がそう言うと、あまり無理をしないようにね、と母は洩らした。お土産にと、T市で有名な菓子屋のカステラを二斤《きん》も寄こしてきた。一人では食べ切れそうもない。一斤は職場の誰かにあげようと思う。

特急列車の座席に座ると、彼女は眠気を覚えた。終着駅まで二時間余り、目が覚めたときには、もう雑踏の東京に居るのだろうと思う。目を閉じると、身体の中に波音が残っていることに気づいた。それは耳に聞こえるものではなく、瞳を閉じた肌色の薄闇の中に、見えるように感じられるものだった。

　列車が動きだすと、彼女の身体はことこと揺れた。浅い眠りの中で、ふと、田崎氏の言った、後ろ側で波の音が聞こえるね、という言葉を思い出していた。――

*

　海鹿島の海辺にはもう夕暮れが訪れていた。なだらかな陸地の線へと近づき、砂浜を黄金色に染めている。子供が作ったらしい砂の山が、汀の少し手前で西日を受けていた。あと少し潮が満ちたら、砂の山は波に飲まれ崩れるだろう。

　砂浜の南側には岩場があった。潮溜まりの水面は夕陽で茜色に染まっている。一つの潮溜まりを覗いてみると、海中の岩肌を這う、数匹の海牛が見えた。蛍光塗料で塗ったかの鮮やかな青い身体の先端で、黄色い触角がどこか滑稽に動いている。また別の潮溜まりでは、斑模様の稚魚や、半透明の小海老が遊泳していた。干潮時に逃げ遅れたらしい箱河豚《ハコフグ》や縞鯛《シマダイ》が居ることもあった。

潮溜まりを覗くうちに、何者かの視線を感じてふいと振り返ると、岩肌にぽつりと一匹の砂蟹《スナガニ》が佇んでいた。砂蟹は慌てて岩肌を降りて砂浜を走り、巣穴へと身を隠した。私は何故か空腹を覚え、踵を返した。今頃は、家で妻と義母が夕食の準備をしているはずだった。夕食は金目鯛の煮付にするから、そんなことを洩らしていた。

夕闇の汀で、砂の山はもう白波に浚われ始めていた。海辺を見渡すと、私が拾い上げたあのビーチボールが消えている。遊泳客が持ち帰ったのだろう。ボールがあった場所には、幾つかの足跡が黒い陰になって残されていた。その陰もあと半時も過ぎぬうちに、潮風に洗われて消えるだろう。私は背後に波の音を聞きながら、海岸道路の向こう側にある彼女の実家へと足を進めた。

あなたのなかの忘れた海

作詞　Hirofumi Hatano
作曲　People In The Box

海へいこうよ　今夜
電球の柔らかく照らす
明日じゃもう手後れになる
あなたはもう手後れになるから

海へいこうよ　今夜
壁のすぐ向こうさ
温かい毛布もとっくに
あなたを温めてはくれない

いつか人は消えるのに
あなたはどうやって知るの

不安以外の気持ちを
すべてはつくりものさ、
それでなにがいけないのさ！
さあ肩の力抜いて
海へいこうよ　って
毎日同じことを唱えて　いつかは
海へいこうよ
そこで悪夢は終わるよ

風が荒れ狂っている
心臓は鳴るよ　轟々と
胸の痛みは古い友達
これからもどうぞよろしくね
いつか人は消えるのに

あなたはどうやって知るの
不安以外の気持ちを

すべてはつくりものさ、
それでもいきていくのさ！
さあ肩の力抜いて
海へいこうよ　って
毎日同じことを唱えて　いつかは
海へいこうよ
そこで悪夢は終わるよ

ほんとうのきもちなんて
だれも知らないはずさ
すべてはつくりものさ、
なにがいけないのさ！

さあ肩の力抜いて
海へいこうよ　って
毎日同じことを唱えて　いつかは
海へいこうよ
そこで悪夢は終わるよ

湯治

左脚の古傷が疼《うず》くので、足柄下郡の民宿へ、湯治に訪れた。湯治は同僚に勧められた。同僚は腰痛持ちだったが、一週間ほど湯に浸かって、随分と良くなったという。その同僚の話を、佐藤宏は半信半疑で聞いていたが、彼にしては珍しく、旅行をしたい気分だったので、有給と休日を合わせて一週間の休暇を取った。大口の取引を終えたところで、折を見て有給を消化するよう、上司からも言われていた。一方で、妻の会社は繁忙期で休みを取れなかった。一人旅をしたい気分でもあったので、妻には留守番を頼んだ。土産を買うことで、埋め合わせをしようと思う。

佐藤は、丸の内に本社を置く大手商社に勤めて十年以上になる。上場企業だけあって、給与も就労環境も悪くない。何せ有給もしっかり消化させてくれるのだ。そして彼の会社では珍しく、三十四歳の若さで係長を務めていた。出世を望まず、目の前の仕事を、地道に、着実にこなしていたら、そこが評価されて出世をした。近いうちに課長昇進まちがいなしですね、などと部下は調子の良いことを言うが、佐藤はただ、係長として責任を持ち、部下の面倒もみつつ、これまで通り地道に実務をこなすのみだと思っている。

左脚に怪我を負ったのは、少年期のことだ。校庭の鉄棒から落ちて、随分と入り組んだ骨折をした。膝蓋骨《しつがいこつ》——、つまりは膝の皿の辺りの骨をやってしまい、部分的には骨片になるまで砕けた。脚には今でも、チタンのプレートが入っている。骨は無事に繋がったが、天候や風向きによって、疼くことがある。といっても、痛みはないので、病院へいくほどではない。

しかし今年はどうしたわけか、初夏から、歩行の際にじわりじわりとした違和感が、膝頭にあった。念のため病院で診て貰ったが、特に骨に異常はなく、炎症もない。長い年月を経て、骨とチタンプレートは癒着しており、余程のことがない限り、手を入れないほうがいいという。しばらくは湿布でも貼って、経過を見ましょうとのことだ。そんな折、同僚から湯治を勧められたのだ。

出発の朝、妻から折畳みステッキを渡された。宿泊先の葉山荘は、大観山の裾野にあるらしい。坂が多い土地だから、杖があったほうが便利でしょうと、妻は言った。杖というものを初めて使ったが、これはなかなか便利なものだ。左脚に殆ど体重を掛けずに、前へ進むことができる。杉並区の自宅マンションを出て、東海道新幹線で小田原へ向かい、そこから鈍行で四駅ほど進んで最寄り駅へ辿り着いた。路線バスに乗り、車窓から山間の避暑地の風景を十分ほど眺めたのちに下車する。バスを見送って振り返ると、確かに葉山荘は急峻な坂の上にあった。

客室数は五部屋の、こぢんまりとした宿だ。七月初旬の平日に宿泊している客は、彼しかいない。湯治のコツは、能動的に何かをしないことだ、と同僚は得意気に語っていた。それで彼は五泊六日の日程に、あえて何も予定を入れず、縁側に座ってぼんやりと前庭を眺めて過ごしていた。前庭はキャッチボールができそうな広さがあり、駐車場も兼ねているようだ。敷地の奥には、垣根の代わりに、常緑の庭木が植えてある。どれもよく見る樹木だが、彼は庭木に明るくないので、その名称は一つも分からない。

民宿はL字型になっており、向かって左手が母屋になっている。母屋の一階の一室には、経営者である老夫妻の、長男夫婦が住んでいた。その長男は、市街地で会社勤めをしているそうで、日中は民宿にいない。母屋の硝子窓の向こうに居室が見え、長男の奥さんが赤子をあやしていた。奥さんは、年齢でいえば二十代半ばだろうか――、淡いグリーンの簡単服を着て、同じ色のシュシュで肩に掛かる髪を一つに纏めている。

活発な赤子で、ハイハイをして、奥さんを追いかけまわしている。ときに脚折テーブルに手をついて伝い歩きをし、しかしすぐにへたり込む。その赤子が遊び疲れて眠ってしまうと、奥さんは縁側でサンダルを履いて戸外へ出てきた。彼は母屋を眺めていたので、必然的に奥さんと目が合う。不自然に視線を逸らすわけにもいかず、彼は奥さんに話しかけるハメになった。旅先で浮かれた観光客を装って、

「いやぁ、元気な赤ちゃんですね。一歳くらいですか？」

「ええ、来月でちょうど一歳ですね。でもまだ、一人歩きができないんで、少し心配なんですよ。ご近所の息子さんは、一歳になる前に、もう一人で歩いていたので」

「男の子と女の子では、成長の仕方も違うでしょうから。でもあの感じだと、今月中にはきっと一人で歩けるようになりますよ」

それを聞いて、奥さんは彼が子供を育てた経験があると思ったようで、

「お子さんはいま何歳なんですか？」

「小学四年になりますね、最近じゃろくに口も利いてくれませんよ」

と、嘘までつくハメになった。やはり慣れないことはするものではない。

もう九年も前のことだが、彼は一歳に満たない娘を亡くしていた。その晩、娘は

妻の母乳をたらふく飲み、げっぷをし、いつものように寝床で眠り、朝になると冷たくなっていた。医師に聞くところによれば、それは乳幼児にときに起こりうる突然死だという。その当時、佐藤は日に一箱は煙草を吸っていた。もちろん赤子の前で吸ってはいないが、しかし彼は、例えば私の喫煙が突然死の原因に成り得ますか？　苛立たしげに医師に訊いた。誰に向けた苛立ちなのか、彼自身も分からなかった。医師は曖昧な微笑を浮かべたのちに、――これは誰にでも起こりうることで、そして誰のせいでもないのですよ。

「あの子、名前はなんていうんですか？」

「れいあっていいます」

「漢字は？」

するとと奥さんは近くに落ちていた木の棒を拾って、地面に〝怜愛〟と名前を書いた。

「はぁ、良い名前ですね。聡明で賢く、そして誰からも愛されるように、怜愛と名づけたんですね」

するとと奥さんはくすくす笑って、

「旦那が、熱烈なスター・ウォーズのファンなんですよ」

サンダルをからんからんいわせて、玄関へ入っていった。

風呂は客室棟の長い廊下の先にあった。三四人も入ればいっぱいになりそうな湯船だが、それでも脚を伸ばせるのはいいものだ。佐藤は肩まで湯に浸かり、ゆっくりと脚を伸ばした。湯には少しのにごりがあり、泉質は弱アルカリ性で、神経痛や腰痛に効くらしい。自分の脚にも効いて欲しいものだ。

左脚の内側には、十数センチの白い傷痕が薄く残っている。鉄棒から落ちたとき、少年の彼は大泣きしたが、その痛みがどれほどのものだったのか、もうすっかり忘れてしまった。怪我と哀しみは似ている。どちらも日に日に治癒《ちゆ》していく。怪我は内服薬や外用薬で治り、哀しみは日日薬で治る。してみると、心の古傷が疼く、なんてこともあるのだろうか――、湯船に浸かりつつ、のぼせた頭でそんなことを考えていた。

風呂から出たのちに、縁側に座り、のぼせた頭を冷やしていると、一台のミニバンが前庭へ入ってきた。会社から長男が帰宅したのだ。白の半袖シャツに黒ズボン姿の長男は、折り畳んだ上着と革鞄を小脇に抱え、足早に前庭を横断していく。その風貌と足取りとスター・ウォーズが好きだという性格からして、営業マンではないかと勝手に想像する。

縁側からガラガラと硝子戸を開けて、母屋へと入る。奥さんが何かを言い、長男が何かを答える。怜愛は、ベビー布団の上で、手脚をバタバタさせている。怜愛も何かを言っているが、彼女はまだ言葉を知らないだろうから、あーとか、うーとか、発しているのだろう。居室の灯りが、戸外にも落ちている。窓の形で切り取られた、長方形の灯りが地面に並んでいる。佐藤はなぜか急に空腹を覚え、飯の時間はまだかと、振り返って掛時計を見上げた。

一九時過ぎに客室に電話があり、食事処へ向かう。刺身の盛り合わせと、野菜の天ぷら、他に数種類の豆腐が並んでいる。なんでも経営者の次男坊は、市街地で豆腐屋を営んでいるという。柚子《ゆず》豆腐、胡麻豆腐、味噌漬け豆腐、枝まめ豆腐——、口にしてみると、確かに味の濃い旨い豆腐だった。炊事場には、奥さんと姑の姿がある。食事を作る間、怜愛の面倒は長男がみているのだろう。

棚上に置かれたテレビでは、巨人対中日の野球中継が放映されている。最近は野球を観ないので、知っている選手は殆どいない。知らない投手がボールを投げ、知らない打者が外野席の看板まで届きそうな本塁打を放ち、客席から歓声があがる。これほど長い時間を一人で過ごすのは、独身時代以来かもしれない。彼は枝まめ豆腐を頬ばり、ビールを一口呑み、たまには一人旅も悪くないと思う。

その日の夜更け——、遠くから赤子の泣き声が聞こえてきて、彼は目を覚ました。最初は夢かと思ったが、薄闇の中に、確かに赤子の泣き声が聞こえる。母屋で、怜愛が泣いているのだ。彼は寝床から起きると、縁側に立ち、硝子窓から母屋を見やる。確かに一歳前後の赤子は、夜中によく泣くものだ。今ごろ奥さんは、寝室で怜愛を抱いてあやしていることだろう。

しかし怜愛の泣き声は、少しずつこちらへ近づいてきたかと思うと、母屋の硝子戸がガラガラと開いた。怜愛を抱いた奥さんが、サンダルを履いて前庭に現れる。彼はなぜか隠れるようにして、慌てて窓枠の外側へ移動した。そっと様子を覗うと、奥さんは月明かりの前庭を、怜愛の背中を軽く叩きながら歩いていく。旦那を起こしてしまわないように、戸外へ出てきたのだろうか——。

奥さんは前庭を横断して、長男のミニバンの鍵を開けた。車へ入り、ドアを閉めてしまうと、怜愛の泣き声は、もう夏の虫と殆ど区別がつかない。なるほど、宿泊客にも迷惑が掛かるので、怜愛が夜泣きをしたときは、ああしているのだろう。しかし車に乗せるというのは、妙案だった。周囲に迷惑を掛けずに済むし、結果としてそれは自分の精神衛生上にも良い。もう少し早く知っていれば、自分たちもそうしたかもしれない。

三泊目の午後――、能動的に何かをしてはいけないと言われてはいるが、さすがに風呂に入って、飯を食って、寝る、を繰り返すばかりでは、逆に不健康だと思い、佐藤は辺りを散歩してみることにした。昼下がりの陽光を浴びつつ、ステッキを片手に前庭を縦断して、街路へと出る。辺りに民家は少なく、畑や草地が広がり、それ以外の場所は山裾の森になっている。初めて訪れる土地なので、自分が足柄下郡のどの辺りにいるのか、さっぱり分からない。

葉山荘は高台にあるので、南東の方角に相模湾が見下ろせる。水平線の少し手前を、小さな貨物船が、ゆっくりと海原を進んでいく。もちろんここから小さく見えるだけで、間近でみれば何百トンの大きさなのだろう。一方で北西の方角には、おそらくは大観山のものだろう緑豊かな裾野が続き、稜線の向こうには天空まで発達した入道雲が聳えている。雲は絶えず形を変えているのだろうが、遠くから眺める分には、碧空に貼り付いたまま静止している。やがて街路沿いに連なる、ブナの木陰へ差し掛かる。青葉は陽光を透かして鮮やかな黄緑色に染まり、木漏れ日までも色がついて見えるようだ。

彼はその木漏れ日の下で、試しに杖を使わないで歩いてみた。痛みはない。いや、そもそも痛みはなかったのだ。意図的に左脚に体重を掛けて歩いてみる。するとしばらく歩くうちに、あのじわりとした違和感が膝頭にやってくる。真綿からぬる湯が染み出してくるような感覚で、慣れてくると不快でないどころか心地良くさえある。しかし脚の中で何かが悪化して、痛みに変わると困るので、その後は杖をついて、左脚を労るように歩いた。何せ脚の中で、骨とチタンが癒着しているのだ。

短い散策から戻ったのちに、民宿の共同冷蔵庫の飲み物をグラスへ注ぎ、それを片手に縁側へ座る。大して身体を動かしたわけではないが、シャツは汗に濡れ、彼は胸元のボタンを二つほど外す。庭木の並びの中に、梢に赤い花が群がる、一際目を惹く樹木がある。あのつるりとした幹肌には、見覚えがある。百日紅《さるすべり》だ。樹高は五メートルほどで、葉の量は多くない。そのせいで、背後の夏空が透けて見える。

百日紅の近くには井戸があり、奥さんが手押しポンプを押していた。井戸水は日光を煌めかせながら、音を立ててヤカンへ落ちていく。井戸水を使って麦茶を煮出すと、味がまろやかになるんですよ、昨日に奥さんから聞いた。その麦茶が、彼の手元にある。確かに旨い麦茶だが、たんに喉が渇いているだけの気もする。

母屋を見ると、寝床で眠っていた怜愛が目を覚ましていた。テーブルへ向かって、ハイハイを始めている。ノースリーブのロンパースを着て、コットンのヘアバンドをしている。そのどちらも水玉模様だ。テーブルの脚にしがみつくようにして、身体を起こす。赤子らしい、むくむくした手で、テーブルの縁を摑み、伝い歩きをする。

怜愛はときに、両手を離して歩こうとさえする。しかしすぐにへたり込んで、畳に尻餅をつく。怜愛は不思議そうに瞳を丸くする。立ち上がると、また歩き始め、二歩進んではへたり込み、二歩進んではへたり込みを繰り返す。自立したとき、足首が不安定にぐらぐらと揺れている。歩こうとする意思はあるのだろうが、歩けるところまで身体が成長していない。再びその場に尻餅をつき、瞳を丸くする。本人は、もう自分が歩けるとでも思っているのだろうか——。

「お夕食のご飯も、井戸の水を使って炊いているんですよ」

とすぐ近くから女の声が聞こえ、彼はびくりとした。そちらを向くと、ヤカンを片手にした奥さんが、彼と同じように母屋を眺めていた。怜愛は再び二歩進み、そしてまたへたり込む。その様子を、微笑ましげに眺めていた。

夜——、風呂上がりに籐椅子に座って涼んでいると、妻から携帯に電話があった。旅先で浮かれて、浮気でもしてないでしょうね、などと冗談めかして言う。まったく、これだから女という生き物は恐ろしい。

　湯治は五日目を迎え、脚の古傷は、良くなったような、変わらないような、なんとも微妙な具合だ。そもそも古傷が疼く明確な理由は、医学的にもよく分からないらしい。肉体的には治癒して見えても、神経の細部は完全に治癒していない、そんな話も聞く。そして彼の疼きは、天候だの風向きだの、非常に些細なことに左右される。人体とは随分と繊細にできているものだ。

　彼は脚の疼きによって、天気を予測できることがある。何もせず座っているだけなのに、膝頭にじわりと生温いものが広がり、そろそろくるな、と思っていると、半時後に夕立が訪れたりする。その日も彼は、膝頭にじわりと感じていた。すると案の定、昼下がりに俄雨が降った。奥さんが二階のベランダで、慌てて洗濯物を取り込んでいる。怜愛は一階の寝床で、突然、慌ただしく駆けていったママの姿を探すように、ハイハイを始め、テーブルへ辿り着くと、伝い歩きをしてはへたり込んでいた。

　雨が過ぎると、前庭にはいくつかの水溜まりが残されていた。どの水溜まりも、均等に雨後の青空を映している。だから地面に、小さな青空がいくつも落ちて見える。どこか少年の気分で、その水溜まりの青空を眺める。不幸は予測できないものだ。ある日に突然、訳も分からないままに、鉄棒から落ちて骨を折る。それは確かに、誰にでも起こりうることで、誰のせいでもない。校庭の地面に背中をつけて、天を仰いでいる自分を、級友らが心配そうに覗き込んでいる。次の記憶は、看護婦らが心配そうに覗き込んでいる場面に繋がる。その次は、父母が心配そうに覗き込んでいる場面だ。やがては自分が、心配そうに覗き込む側に立つわけだが。

彼はある地点で、自分の中のある部分が止まってしまったようにも感じる。彼は彼自身を置き去りにして、どんどん前へ進んでいく。それは復路のないバスに乗るようなもので、彼は懸命に車窓の向こうを記憶しようとするが、結局あらゆる風景は流れ過ぎてしまう。その中でも、唯一鮮明に記憶できるのは、色彩であるように思う。例えば彼は、紫色のワッチキャップのことを覚えている。それ自体は、燃やしてしまったのでもうないのだが、ただそのコットン製のキャップの、夕立が過ぎたあとの大粒の水の玉が残るアジサイの花弁のような、淡くも鮮やかにも見える色彩のことを記憶している。

と、彼に何かが込み上げてきて、これはいけないと、民宿の販売機で煙草を買い、久しぶりに一服した。一口目で頭がくらりとしたが、それにもすぐに慣れた。彼は煙草を吸いながら、その後はなるべく平静を保って、水溜まりの青空を眺めていた。

その晩、就寝前に最後の風呂に入り、縁側で麦茶を飲みながら、再び煙草を吸った。明朝の新幹線で、東京へ帰る。この山裾の民宿の縁側に座っていると、東京の喧噪がまるで想像できない。

方々から、夏の虫の声が聞こえてくる。りんりんと鳴いたり、じぃじぃと鳴いたりしている。鈴虫や松虫には早いだろうから、似たような虫が、似たような声で鳴いているのだろう。夜闇の中に、彼が手にした煙草の火口が、蛍の光のようにして灯っている。彼はその灯りを、自分の好きなように動かすことができる。

半時ほど前に、母屋の二階の窓灯りは消えた。奥さんは今ごろ、深い眠りの中だろう。その隣で、怜愛もまた静かな寝息を立てているだろう。彼の膝頭は落ち着いている。怜愛は、今晩は夜泣きをしないだろうと思う。天候ばかりか、赤子の機嫌まで予測できる気がする。

彼は暗闇の中に、煙草の火口で二三の円を描いたのち、その灯りを空き缶へと落とした。縁側から上がり、寝床へと就く。事実、その晩、赤子の泣き声に、彼が目を覚ますことはなかった。

五泊六日の湯治を経て、出発の朝を迎えた。脚の古傷は湯治によって良くなった、と思うことにする。天候に左右されるほど些細なことなのだから、もはや気の持ちようである気もする。同僚も、湯治をして腰痛が治った気になって、本当に治ってしまったのかもしれない。

佐藤は葉山荘の受付で精算をした。最後に奥さんに挨拶でもしておきたかったが、受付には老夫妻の姿しかなかった。スーツケースを片手に玄関を出ると、夏の朝の眩い陽差しが、頭上から落ちてくる。どこかの樹木で、蟬が準備運動のような、ジジ、ジジ、という低い鳴き声を発している。昼頃には、むくむくと気温が上がり始めることだろう。

前庭を縦断する途中、彼は百日紅の花に目が留まり、前方へ差し出した杖を止めた。梢に一羽の幼鳥の姿がある。羽衣は灰色で、尾羽は明るい色、この季節だと駒鳥だろうか――、梢の上を跳ぶように移動しており、脚を離す度に鮮やかな赤い花群れが揺れる。

花群れが揺れると、その背後の青空まで揺れたかに見える。東から差す陽光によって、百日紅の色濃い影は、井戸の手押しポンプへと伸びている。樹形の影の中で、駒鳥の影が、花の影を揺らしている。杖に体重を掛けつつ、彼はふいと気づいたように、母屋を眺める。

母屋では、怜愛が伝い歩きをしている。脂肪で膨れたむっくりした小さな手で、テーブルの端を摑み、よたよたと歩いている。奥さんは窓際で怜愛を見守りながら、手拍子のように手の平を叩いている。窓が閉まっているので、その音は聴こえない。しかし小鳥の囀《さえず》りのような手の平の響きを、彼は耳元に聴くことができる気がする。手拍子に反応するようにして、怜愛が顔を持ち上げ、薄桃色のほっぺたをこちらへ見せる。そしてテーブルの端から、ぱっと両手を離して、二歩進み、へたり込むかと思ったら、次の一歩を進んだ。その後は、何に摑まることもなく、窓際にいる奥さんの所まで歩ききった。奥さんは怜愛を抱きしめて、わしわしと頭を撫でてやる。コットンのヘアバンドが、音もなく畳へ落ちる。

彼は杖に体重を掛けたまま、しばらく次の一歩が踏み出せなかった。昨日できなかったことが、今日できるようになる。彼女はそういう時間の中に生きているのだ。

葉山荘の敷地を出て、バス停へ続く坂道を降りる頃には、もう涙は乾いていた。彼は杖をついて、辿々《たどたど》しく坂道を下った。妻の機嫌を取るために、土産にクルミ最中でも買っていこうかと思う。

初出誌
送り火　「文學界」二〇一八年五月号
あなたのなかの忘れた海　「群像」二〇一六年八月号
湯治　「文學界」二〇二〇年六月号

単行本
『送り火』　二〇一八年七月　文藝春秋刊
文庫化にあたり「あなたのなかの忘れた海」「湯治」の二篇を収録しました。

JASRAC 出 2005039-001

DTP制作　エヴリ・シンク

文春文庫

送《おく》り火《び》

定価はカバーに
表示してあります

2020年8月10日　第1刷

著　者　高《たか》橋《はし》弘《ひろ》希《き》

発行者　花田朋子

発行所　株式会社　文藝春秋

東京都千代田区紀尾井町 3-23　〒102-8008
TEL　03・3265・1211(代)
文藝春秋ホームページ　http://www.bunshun.co.jp

落丁、乱丁本は、お手数ですが小社製作部宛お送り下さい。送料小社負担でお取替致します。

印刷製本・大日本印刷

Printed in Japan
ISBN978-4-16-791542-1

（　）内は解説者。品切の節はご容赦下さい。

有川　浩
三匹のおっさん
還暦くらいでジジイの箱に蹴りこまれてたまるか！　武闘派2名と頭脳派1名のかつての悪ガキが自警団を結成、ご近所に潜む悪を斬る！　痛快活劇シリーズ始動！（児玉　清・中江有里）
あ-60-1

朝倉かすみ
てらさふ
「スーパースターになって」「ここではないどこかに行きたい」ふたりの中学生は、共同作業で史上最年少芥川賞受賞を目指した――。女の子の夢と自意識を描き尽くした野心作。（千野帽子）
あ-61-2

阿部和重
Deluxe Edition
現代文学の最前線を疾走する阿部和重が、9・11から3・11へ至る世界に対峙した12の短篇小説。各篇のタイトルに冠した洋楽ナンバーに乗せ、読者に毒と感動をお届け。（福永　信）
あ-72-1

五木寛之
蒼ざめた馬を見よ
ソ連の作家が書いた体制批判の小説を巡る恐るべき陰謀。直木賞受賞の表題作を初め、「赤い広場の女」「バルカンの星の下に」「夜の斧」など初期の傑作全五篇を収録した短篇集。（山内亮史）
い-1-33

井上　靖
おろしや国酔夢譚
船が難破し、アリューシャン列島に漂着した光太夫ら。厳寒のシベリアを渡り、ロシア皇帝に謁見、十年の月日の後に帰国できたのは、ただのふたりだけ。映画化された傑作。（江藤　淳）
い-2-31

井上ひさし
四十一番の少年
辛い境遇から這い上がろうと焦る少年が恐ろしい事件を招く表題作ほか、養護施設で暮らす子供の切ない夢と残酷な現実が胸に迫る珠玉の三篇。自伝的名作。（百目鬼恭三郎・長部日出雄）
い-3-30

色川武大
怪しい来客簿
日常生活の狭間にかいま見る妖しの世界――独自の感性と性癖、幻想が醸しだす類いなき宇宙を清冽な文体で描きだした、泉鏡花文学賞受賞の世評高き連作短篇集。（長部日出雄）
い-9-4

（　）内は解説者。品切の節はご容赦下さい。

色川武大
離婚
納得ずくで離婚したのに、なぜか元女房のアパートに住み着いてしまって。男と女の不思議な愛と倦怠の世界を、味わい深い筆致とほろ苦いユーモアで描く第79回直木賞受賞作。（尾崎秀樹）
い-9-7

伊集院　静
浅草のおんな
三社祭、ほおずき市、隅田川……。女将の料理と人柄に惚れた常連客でにぎわう浅草の小料理屋「志万田」を舞台に、揺れ動く女心と人々の悲喜交々を細やかな筆致で描く。（道尾秀介）
い-26-20

石田衣良
うつくしい子ども
九歳の少女が殺された。犯人は僕の弟！　なぜ、殺したんだろう。十三歳の弟の心の深部と真実を求め、兄は調査を始める。少年の孤独な闘いと成長を描く感動のミステリー。（村上貴史）
い-47-2

絲山秋子
沖で待つ
同期入社の太っちゃんが死んだ。私は約束を果たすべく、彼の部屋にしのびこむ。恋愛ではない男女の友情と信頼を描く芥川賞受賞の表題作。「勤労感謝の日」ほか一篇を併録。（夏川けい子）
い-62-2

絲山秋子
離陸
矢木沢ダムに出向中の佐藤弘の元へ見知らぬ黒人が訪れる。「女優の行方を探してほしい」。昔の恋人を追って弘の運命は意外な方向へ――。静かな祈りに満ちた傑作長編。（池澤夏樹）
い-62-3

磯﨑憲一郎
往古来今
母親との思い出から三十年前の京都旅行、『吾妻鏡』の領主から郵便配達人まで――空間と時間の限りない広がりを自在に往来する五篇。新境地に挑んだ泉鏡花文学賞受賞作。（金井美恵子）
い-94-1

戌井昭人
俳優・亀岡拓次
亀岡拓次37歳、独身。職業・脇役俳優。趣味、一人酒。行く先々のうらぶれた酒場で、二日酔いの撮影現場で、亀岡は今日も奇跡を呼ぶ。川端賞作家のとびきりキュートな小説集。（山﨑　努）
い-97-1

（　）内は解説者。品切の節はご容赦下さい。

内田春菊
ファザーファッカー
十五歳のとき、私は娼婦だったのだ。売春宿のおかみは私の実母で、ただ一人の客は私の育ての父……養父との関係に苦しむ少女の怒りと哀しみと性を淡々と綴る自伝的小説。（斎藤　学）
う-6-16

江國香織
赤い長靴
二人なのに一人ぼっち。江國マジックが描き尽くす結婚という不思議な風景。何かが起こる予感をはらみつつ、怖いほど美しい十四の物語が展開する。絶品の連作短篇小説集。（青木淳悟）
え-10-1

江國香織・小川洋子・川上弘美・桐野夏生
小池真理子・髙樹のぶ子・髙村　薫・林　真理子
甘い罠
8つの短篇小説集
江國香織、小川洋子、川上弘美、桐野夏生、小池真理子、髙樹のぶ子、髙村薫、林真理子という当代一の作家たちの逸品だけを収めたアンソロジー。とてつもなく甘美で、けっこう怖い。
え-10-2

円城　塔
オブ・ザ・ベースボール
一年に一度、空から人が降ってくる町ファウルズでユニフォームとバットを手にレスキュー・チームの一員となった男。芥川賞作家のデビュー作となった文學界新人賞受賞作。（沼野充義）
え-12-1

円城　塔
プロローグ
わたしは次第に存在していく——語り手と登場人物が話し合い、名前が決められ世界が作られ、プログラムに沿って物語が始まる。知的なたくらみに満ちた著者初の「私小説」。（佐々木　敦）
え-12-2

小川洋子
妊娠カレンダー
姉が出産する病院は、神秘的な器具に満ちた不思議の国……妊娠をきっかけにゆらぐ現実を描く芥川賞受賞作。『妊娠カレンダー』『ドミトリイ』『夕暮れの給食室と雨のプール』。（松村栄子）
お-17-1

小川洋子
やさしい訴え
夫から逃れ、山あいの別荘に隠れ住む「わたし」とチェンバロ作りの男、その女弟子。心地よく、ときに残酷な三人の物語の行き着く先は？　揺らぐ心を描いた傑作小説。（青柳いづみこ）
お-17-2

（　）内は解説者。品切の節はご容赦下さい。

小川洋子
猫を抱いて象と泳ぐ
伝説のチェスプレーヤー、リトル・アリョーヒン。彼はいつしか「盤下の詩人」として奇跡のように美しい棋譜を生み出す。静謐にして愛おしい、宝物のような傑作長篇小説。（山﨑　努）
お-17-3

乙川優三郎
太陽は気を失う
福島の実家を訪れた私はあの日、わずかの差で津波に呑まれていたかも——。震災に遭遇した女性を描く表題作など、ままならぬ人生を直視する人々を切り取った短篇集。（江南亜美子）
お-27-5

荻原　浩
ちょいな人々
「カジュアル・フライデー」に翻弄される課長の悲喜劇を描く表題作ほか、少しおっちょこちょいでも愛すべき、ブームに翻弄される人々がオンパレードの抱腹絶倒の短篇集。（辛酸なめ子）
お-56-1

荻原　浩
ひまわり事件
幼稚園児と老人がタッグを組んで、闘う相手は？　隣接する老人ホーム「ひまわり苑」と「ひまわり幼稚園」の交流を大人の事情が邪魔するが。勇気あふれる熱血幼老物語！（西上心太）
お-56-2

大島真寿美
あなたの本当の人生は
書けない老作家、代りに書く秘書、その作家に弟子入りした新人。「書くこと」に囚われた三人の女性の奇妙な生活は思わぬ方向に。不思議な熱と光に満ちた前代未聞の傑作。（角田光代）
お-73-1

開高　健
ロマネ・コンティ・一九三五年
六つの短篇小説
酒、食、阿片、釣魚などをテーマに、その豊饒から悲惨までを描きつくした名短篇集は、作家の没後20年を超えて、なお輝きを失わない。川端康成文学賞受賞の「玉、砕ける」他全6篇。（高橋英夫）
か-1-12

川上弘美
真鶴
12年前に夫の礼は、「真鶴」という言葉を日記に残し失踪した。京は母親、一人娘と暮らしを営む。不在の夫に思いを馳せつつ恋人と逢瀬を重ねる京は、東京と真鶴の間を往還する。（三浦雅士）
か-21-6

（　）内は解説者。品切の節はご容赦下さい。

川上弘美
水声
亡くなったママが夢に現れるようになったのは、都が弟の陵と暮らしはじめてからだった――。愛と人生の最も謎めいた部分に迫る静謐な長編。読売文学賞受賞作。（江國香織）
か-21-8

川端裕人
夏のロケット
元火星マニアの新聞記者がミサイル爆発事件を追ううち遭遇する高校天文部の仲間。秘密の町工場で彼らは何をしているのか。ライトミステリーで描かれた大人の冒険小説。（小谷真理）
か-28-1

角田光代
空中庭園
京橋家のモットーは「何ごともつつみかくさず」……普通の家族の表と裏、光と影を描いた連作家族小説。第三回婦人公論文芸賞受賞、小泉今日子主演で映画化された話題作。（石田衣良）
か-32-3

角田光代
空の拳（上下）
雑誌「ザ・拳」に配属された空也。通いだしたジムで、天涯孤独で少年院帰りというタイガー立花と出会い、ボクシングの魅力にとらわれていく。爽快な青春スポーツ小説。（対談・沢木耕太郎）
か-32-12

勝谷誠彦
ディアスポラ
〝事故〟で国土が居住不能となり、世界中の難民キャンプで暮らす日本人。情報から隔絶され将来への希望も見いだせぬまま懸命に「日本人として」生きようとするが……。（百田尚樹）
か-47-2

海堂　尊
ゲバラ覚醒　ポーラースター1
アルゼンチンの医学生エルネストは親友ピョートルと南米縦断のバイク旅行へ。様々な経験をしながら成長していく将来の革命家の原点を描いた著者渾身のシリーズ、青春編が開幕！
か-50-2

川上未映子
乳《ちち》と卵《らん》
娘の緑子を連れて大阪から上京した姉の巻子は、豊胸手術を受けることに取り憑かれている。二人を東京に迎えた「私」の狂おしい三日間を、比類のない痛快な日本語で描いた芥川賞受賞作。
か-51-1

（　）内は解説者。品切の節はご容赦下さい。

北村　薫
慶應本科と折口信夫
いとま申して2
昭和四年。慶應予科に通い、さらに本科に進む著者の父は、人生に大きな影響を与える知の巨人——折口信夫と西脇順三郎の謦咳に接し、青春を謳歌する。三部作第二弾。（渡辺　保）
き-17-9

北川悦吏子
半分、青い。（上下）
高度成長期の終わり、同日同病院で生まれた幼なじみの鈴愛と律。夢を抱きバブル真っただ中の東京に出た二人を待ち受けるのは……。心は、空を飛ぶ。時間も距離も越えた真実の物語。
き-42-2

車谷長吉
赤目四十八瀧心中未遂
「私」はアパートの一室でモツを串に刺し続けた。女の背中一面には迦陵頻伽の刺青があった。ある日、女は私の部屋の戸を開けた——。情念を描き切る話題の直木賞受賞作。（川本三郎）
く-19-1

車谷長吉
妖談
作家になることとは、人の顰蹙を買うことだった……。〈私小説作家〉と称される著者が、自尊心・虚栄心・劣等感に憑かれた人々を執拗に描き出す、異色の掌編小説集。（三浦雅士）
く-19-9

熊谷達也
調律師
事故で妻を亡くし自身も大けがを負ったのをきっかけに、音を聴くと香りを感じるという共感覚「嗅聴」を獲得した調律師・鳴瀬の、喪失と魂の再生を描く感動の物語。（土方正志）
く-29-5

黒田夏子
a bさんご・感受体のおどり
戦争をはさみ解体されていく家。丁寧に掘り起こされる記憶の断片が今あふれでる。衝撃の芥川賞受賞作に、著者が四十代で完成させていた日舞の世界を描く長篇を併録。（江南亜美子）
く-38-1

窪　美澄
さよなら、ニルヴァーナ
少年犯罪の加害者、被害者の母、加害者を崇拝する少女、その運命の環の外に立つ女性作家……各々の人生が交錯した時、何を思い、何を見つけたのか。著者渾身の長編小説！（佐藤　優）
く-39-1